일단 해보자,

우리 딸

일단 해보자, 웃든 말든

임은아 지음

나를
지키고 싶은
당신을 위한
주문

혜화동

차례

1　대체 내가 원하는 건 뭘까?

2 열 번의 이직 생활로 알게 된 것들

3 기왕 하는 밥벌이라면

일에서 불행하면
인생 전체가
불행하기 쉬운 구조에
살고 있다

공무원으로 40여 년을 근속하고 정년퇴직한 남편을 둔 엄마는 수시로 꿀렁대는 딸의 인생을 보며 왜 그렇게 힘들게 사는지 모르겠다고 자주 말씀하셨다. 편한 길 놔두고 고단해 보이는 길로만 가는 딸이 안쓰러워 보이지만 대학원까지 나온 똑똑한 딸(부모님 눈에는 자식은 언제나 최고로 멋지다!)이니 저 좋아하는 일 하다가 제자리로 곧 돌아올 거라 기대하셨으리라.

그러나 나는 호기심이 많은 자유 영혼이었다. 지금 이 자리에서 충분히 즐겁게 지낼 수 있더라도 저기 어딘가에 사람들과 더 재미있게 놀 수 있는 놀이터가 있을 것 같았다.

그래서인지 나의 삶은 전반적으로 분주하고 산만했다. 모색하고 포기하고 다시 도전하는 생활의 연속이었다. 광고 기획자에서 공연 기획자로, 공연 기획자에서 축제 마케터로, 축제 마케터에서 늦깎이 대학원생으로, 대학원생에서 공공 기관 직원으로, 공공 기관 직원에서 공무원으로, 공무원에서 자영업자로.

열 개의 직장, 평균 근무 기간 2.5년. 직업 환승으로 만들어 낸 숫자다. 물론 환승의 원칙은 있었다. 현재의 나에게 없는 일 근육을 향상할 수 있고 문화 예술 분야에서의 이동이어야 한다는 것이었다. 누가 시키지 않았지만 스스로 알아서 문화 예술계에서 순환 보직을 한 셈이었다.

부모님뿐만 아니라 만났던 많은 사람으로부터 숱하게 받았던 질문이 "대체 왜?"였다. 광고 대행사를 그만두고 공연 기획사에서 일한다고 했을 때도, 직장 다니다가 뒤늦게 전업 학생이 되겠다고 했을 때도, 공공 기관의 정규직 팀장 자리를 박차고 계약직 공무원으로의 전직을 위해 면접을 볼 때도 심사위원들은 안정적인 자리를 마다하고 불안정한(계약 기간이 끝나면 일자리를 찾는 번거로운 수고를 해야 하는) 이직을 굳이 선택한 이유를 물어보셨다. 예상했던 질문이라 준비한 대로 답을 하기는 했으나 설명이 부족했는지 여전히 의아하고 신기하게 쳐다보셨던 기억이 난다.

이직은 자의에 의해서만 이루어진 건 아니다. 회사가 거부한 적도 있다. 거절은 언제나 쓰다. 경험이 저장고에 차곡차곡 쌓여 인생의 고비를 마주할 때마다 꺼내 쓸 수 있는 인생의 무기가 될 거라 믿고 앞으로 나아가려고 했다. '평생직장'과 '정년停年'이라는 개념이 점차 사라져 가고 있어도 직장을 자주 옮겨 다니는 사람에 대한 편견이 있다. 대인관계에 문제가 있을 거라거나, 조직 생활에 적합하지 않은 성격일 거라든가, 욕망이 많아 한곳에 정착하기 힘들 거라든가. 오죽하면 엄마는 네가 하고 싶은 일 하는 건 좋은데 내 자식이 그런 오해를 받는 건 싫다고 하신 적도 있다.

선택의 순간에 특별한 이유나 동기가 있을 것 같지만 결정할 때 막상 작동하는 건 직관이다. 진짜 중요한 결정은 의외로 순식간에 이루어진다. 몸과 마음이 원하는 대로 가 보는 것이다. 그냥 좋아서, 그냥 재밌을 것 같아 결정한다. 일단 해 볼 때까지 해 보지만 안 되면 할 수 없다. 대상에 대해 적당한 거리와 여지를 둘 줄 아는 쿨한 마음가짐이 필요하다. 할 만큼 하되 결과는 연연하지 않고 겸허히 받아들이는 태도!

선택지들이 가져다줄 손익을 이리저리 따져보고 합리적으로 결정했다고 자부하겠지만 인간이 기본적으로 제멋대로에 비합리적인데 합리적인 선택이 나올 리 없다. 콩을 심었는데 팥이 나올 리가 없지 않나.

선택보다 중요한 건 다음이다. 결과가 나오기 위해 그만큼의 액션이 필요하다. 성실의 미덕을 발휘해 가다 보면 될 일은 된다. 예상치 못한 대로 흘러간 대도 멈춘 거기서부터 다시 시작해서 가다 보면 닿게 되어 있다.

그래도 안 되면 할 수 없다. 그건 내게 주어진 떡이 아니다. 이제 그냥 편히 보내주자. '아님 말고'다.

'아님 말고'는 사람과도 일에도 인생사 어디에도 활용 가능한 만능 치트 키cheat key인 걸 알지만 몸과 마음에 장착하기는 쉽지 않다. 고수高手, master가 되기 위해 끊임없는 수련과 훈련이 필요하듯 자기 비하와 자존감 사이에서 줄다리기를 하며 균형점을 찾으려 노력하는 인고의 시간을 견뎌야 한다. 강호에서 살아남으려면 어쩔 수 없다. 고수가 되기 위해 그냥 노력해 보는 것이다. 고수의 끝판은 없다. 이 판 깨면 다음 판 가서 또 깨고.

밥벌이를 시작하고 보니 하루에 가장 많은 시간을 일하는 데 보내고 있었다. 일에서 불행하면 인생 전체가 불행하기 쉬운 구조였다. '아님 말고'의 정신과 태도가 어느 곳보다 필요한 곳이 일터였다. 인생 모토가 '재미있고 의미 있게 살기'다 보니 방법을 찾는 것이 더 절실했다. 의미 있게 산다는 데 토를 다는 사람은 없었지만 재미있게 살기는 달랐다. "재미있게 살고 싶어요" 하면 "그럴 수 있으면 축복이죠"라는 응원을 보내면서도, '언제까지 그렇게 하고 싶은 것만 하며 살 수 있을지'라는 걱정과 우려의 눈빛을 함께 보내는 경우가 많았다.

재미의 핵심은 즐거움이다. 극상의 유쾌함. 그러나 재미는 어른보다 자라나는 아이들의 특권이자 몫으로 인식되는 경우가 많았다. 자고로 어른이라면 책임과 의무를 감당하느라 내키지 않는 일도 마다하지 않는 인내심이 더 중요했다. 어른에게 재미는 사치였다. 감당해야 할 많은 의무를 욕망보다 우선하다 보면 재미 따위를 추구할 여력은 없다. 하지만 남들이 다 '그렇다'고 할 때 '과연 진짜 그럴까? 가 보지 않고 진실을 어떻게 알 수 있지?'라는 반항심과 호기심이 들어서 '재미있게 살기'가 포기가 안 됐다.

내게 재미는 감동感動이다. 감동받은 사람을 보는 즐거움도 쏠쏠하고 감동을 만들어 내는 스스로가 기특하고 대견했다. '감동'이라는 단어는 우리말로도 뜻과 소리가 예쁜데, 영어로도 그럴듯해서 영어식 표기의 '감동'도 좋아한다. 영어로 '마음을 뭉클해지게 하다'가 'Move'인데 마음을 무브, 즉 움직이게 하는 게 '감동'인 것이다. 세상에서 제일 힘든 일 중 하나가 사람의 마음을 변화시키는 일인데, 어떤 계기를 만들어 사람의 마음을 이쪽에서 저쪽으로 이동하게 하는 것은 꽤 근사하고 멋진 일이었다. 감동을 주고받을 수 있는 매개체로 문화 예술만 한 게 없다. 여기에서 일하고 있다는 건 너무나 자연스럽고 당연한 행보였다.

이제 겨우 말을 시작한 어린 조카에게 주입하듯 말했던 단어가 '만고 땡'이다. 사전에 없는 말이지만 이보다 더 의미를 '적확하게' 표현할 다른 단어를 못 찾았다. 진지하면서도 나풀나풀 가볍게 만고 땡으로 지내려고 노력하다 보면 어디서든 재미있게 지낼 수 있다는 걸 말해주고 싶었다. 인생에 정답이 없듯 일하는 데도 정답이 없다. 인생도 일도 자신만의 답을 찾아나가는 과정이니 말이다.

이 책은 '아님 말고'와 '만고 땡'의 정신으로 나의 쓸모와 재미를 기준으로 좌충우돌 업을 이어 오며 터득한 즐겁게 일하는 법에 대해 썼다. 직장을 박차고 나오라거나 N잡러가 되라거나 하는 이야기를 하고 싶은 건 아니다. 자기 앞의 생은 누구에게나 소중하다. 누구도 대신해서 살아 주지 못한다. 자기 갈 길은 누구보다 자기가 더 잘 안다. 이렇게 사는 삶도 있다고 편하게 이야기하고 생각을 나눠 보고 싶었다.

생각대로 일이든 인생이든 풀리지 않을 때 했던 건 산책과 양치질이다. 조금이라도 걷고 나서 앞으로 나아갈 기운을 얻게 되는 마법 같은 순간을 접한 뒤로 혼자도 걸어보고 책상에 앉아 무표정으로 모니터를 응시하는 동료, 선후배를 데리고 나가 같이 걸었다. 걷다 보면 뭐든 다시 해 볼 힘이 났다. 미리 좀 걸어 봐서 익숙한 길을 함께 산책하는 마음으로 이 책을 읽어 주시면 좋겠다. 산책하시고 뇌와 마음이 말랑말랑해져 다시 '으쌰!' 하는 힘을 내어 보는 순간을 맞게 되시면 더할 나위 없을 것 같다.

2021 겨울, 임은아

1

대체
내가 원하는 건
뭘까?

문화 예술 분야, 여기에서 밥벌이를 시작하기까지 우여곡절이 많았다. 다섯 번의 이직, 그리고 서른이 다 되어서야 내가 있어야 할 곳을 확신하게 되었다. 자기가 무엇을 좋아하고 어디에 재능이 있고 무엇을 해야 하는지 잘 알아서 두려움 없이 자기 갈 길을 척척 알아서 가는 사람들을 보면 부럽다 못해 질투가 났다.

자의건 타의건 이직과 취직을 반복하면서 스스로 제일 많이 던진 질문이 "어디를 가야 이 방황이 끝이 날까?", 그리고 "나는 왜 한곳에 진득하게 못 있나?"였다. 선택 당시에는 머리 쥐어뜯으며 내린 결정이었는데, 어쩌다 비슷한 과정을 반복하고 있는 건지 알다가도 모를 노릇이었다. 같은 실수하는 걸 극도로 싫어하면서 말이다.

우리 회사와는 맞지 않네요

중·고등학생 때 나는 부모님과 선생님의 보호 아래 공부 열심히 하고, 건강만 하면 되었다. 말썽을 부릴 일도 없고, 울타리 안에서 뭘 해도 괜찮았다. 대학에만 잘 들어가면 충분했다. 대학생이 되니 울타리가 더 넓어져 그 끝이 보이질 않을 정도였지만 어쨌든 중·고등학생 때와 마찬가지로 학점 관리 열심히 하고, 동기·선후배와 잘 지내면 되었다. 그리고 졸업하고 취직만 하면 되었다.

취직, 그냥 나만 열심히만 하면 쉽게 될 줄 알았다. 그런데 그게 그렇게 단순한 문제가 아니었다. 노력은 누구나 하고 있었고, '열심히'가 아니라 '잘'하는 게 중요했다. 나와 비슷한 취향과

지향을 가진 고만고만한 실력을 가진 수많은 경쟁자를 물리치면서도 일개 개인은 어쩌지 못하는 사회 경제적 각종 변수라는 태클tackle을 물리치고 살아남아야만 취직이 가능했다. 이제껏 경험해 보지 못한 '실력과 운이 필요한 고난도의 문제'라는 걸 몰랐다.

졸업하려는 해에 전례 없는 IMF 경제 위기로 우리 사회는 휘청거렸다. 경제 분야를 비롯한 사회의 많은 영역에서 긴급하고도 신속한 체질 개선이 필요했다. 우리 역사상 중요한 변곡점이 된 역사적인 사건이었다. 안 그래도 쟁쟁한 실력자들이 모여드는 분야로의 취업을 희망한데다 채용 기회 자체가 대폭 줄어 취업이 쉽지 않은 상황이었다. 교양 다큐멘터리를 만드는 프로듀서가 되고 싶어 취업 시험 대비 스터디 모임에도 가고, 영어 시험도 보고, 논술 준비도 했지만 역부족이었다.

방송국뿐만 아니라 신문사 등의 언론사 채용 시험에도 응시했지만 결과는 연속되는 불합격이었다. 언론사에 들어갈 생각만한 데다 다른 직종을 도전해 보는 건 엄두도 못 내고, 결국 어디에도 취업을 못 한 상태로 졸업을 하게 되었다. 생각해 보면 다큐멘터리 프로듀서가 정말로 하고 싶었다면 취업 못 했다고 포기할 게 아니라 일에 필요한 기술을 익히거나 지식을 쌓거나 하면서 도전을 더 해 보는 시간을 가져도 좋았을 것 같은데 그렇게 하질 않았다.

채용 시험을 몇 번 도전해 보고는 안 되자 너무도 쉽게 '이 길은 내 길이 아니구나' 하고 쉽게 접었다. 생각했던 것보다 절실하지 않았던 거다. '방송국'이라는 근사한 직장에서 일한다는 데 대한 막연한 동경이 있었던 것 같다. 졸업은 했으나 그나마 하고자 했던 일을 포기하고 나니 그 뒤로는 닥치는 대로 돈 버는 일을 하게 되었다. 무엇을 하고 싶은지, 무엇을 해야 할지 몰랐고, 군이 알고 싶지도 않았다. 이 답답하고 지루한 상황에서 빨리 벗어나고 싶은 마음만 들었다. 어디든 일단 들어가서 답답한 생활을 털어 버리고 싶었다.

뭐라도 해서 돈을 버니 마음이 편했다. 정규직이건 계약직이건 상관없었다. 그렇게 해서 처음 들어간 직장이 매체 대행사였다. 사장님을 포함해도 채 열 명이 안 되는 작은 회사였다. 내게 주어진 업무는 광고 영업이었다. 조선, 방산, 과학 등 전문 분야를 다룬 해외 잡지에 광고를 게재하도록 안내하고 영업하는 일이었다. 영업직이긴 했지만 클라이언트 개발에 대한 압력이 많이 없어서 회사의 기존 고객들을 관리만 하면 되었다. 보고 체계도 간단하고 각자 하는 일이 달라서 사람들과 별로 부딪칠 일도 없고 주어진 일을 성실하게 처리하면 되었다.

오늘이 어제 같고, 어제가 오늘 같은 날들을 보내면서 회사를 다녔다. 일을 적게 하니 월급도 적었지만 괜찮았다. 내게 필요한 건 적당한 돈과 여유 있는 시간이었다. 오늘 할 일을 다 처리해도 퇴근까지는 시간이 남는 날이 많았다. 3개월인가 수습 기간을 마치고 어느 날 사장님이 찾으셨다. 수습 기간이 끝났으니 정식 직원으로 계약을 새로 하려나 생각했다.

정식 직원이 되면 월급을 얼마나 더 받게 되나 기대하면서 들어갔다. 그러나 이야기는 전혀 기대하지 않은 방향으로 흘러 갔다. 이런저런 말씀을 많이 해 주셨는데 내게 했던 말씀 중 기억에 남는 건 이거였다.

"지금까지 주어진 일을 잘 처리해 주었어요. 하지만 우리 회사와는 맞지 않는다는 판단을 했습니다. 우리와는 인연이 여기까지인 것 같네요. 계약 연장은 하질 않겠습니다.
인생 선배로 한마디 하자면 우리 회사 같은 조직보다는 광고 대행사라든지 좀 더 규모가 큰 곳으로 가서 지금보다 더 능동적인 업무를 해 보는 걸 권하고 싶어요."

계약 연장할 의사가 없으니 다른 곳으로 가 보라는 말씀이셨다. 전혀 예상하지 못했다. 이 정도면 여기에 충분하다고 자만했다. 그간 취업 시험에서 수험 번호로만 결과를 확인했지, 직접 사람으로부터 계약 해지 통보를 받아 본 적이 없어서 충격이었다. 여기에 어울리지 않는 사람이라는 말을 듣게 될 줄이야. 해지 통보를 듣고 자리로 돌아오고 나서 그다음에 어떻게 행동했는지 기억나질 않는다.

정작 이야기를 들은 당일은 현실감이 없었다. '아, 그렇구나. 회사 새로 알아봐야겠네' 정도였다. 그러다 며칠 뒤 정말 회사를 마지막으로 출근한 날 회사에서 쓰던 자질구레한 개인 물품을 챙겨 집으로 가는데, 그때야 비로소 거부당하고 거절당한 사실이 현실로 다가왔다.

집에 가는 내내 그렇게 한심하게 느껴질 수가 없었다. 오만하다가 고작 이 꼴이라 생각하니 서럽고 부끄러워 눈물이 났다. 왜 꼭 그런 날은 바람도 많이 불고, 춥고 그런 건지. 계약 연장이 안 되었다는 이야기를 누구에게도 차마 말 못 했다. 평상시처럼 아침에 집을 나서서 학교 도서관에 갔다가 퇴근 무렵 집에 들어가는 위장 생활이 한동안 계속되었다.

앞날에 대한 두려움보다는 어딘가에 적합하지 않아 거부되었다는 좌절감에 마음이 무거웠다. 내가 무엇을 원하는지 끈질기게 파고들지 않고 찾아보지 않은 데 대한 뼈아픈 대가였다. 누구도 대신해 줄 수 없는 소중한 내 인생인데, 답이 쉽게 안 찾아진다고 인생을 방치할 일이 아니었다. 시간이 걸리더라도

포기하지 말고 답을 찾는 과정을 반복하다 보면 언젠가는 꼭
그 답이 찾아진다는 걸 몰랐다.

스물다섯 살의 사춘기

   남들은 존재론적 고민을 사춘기에 한다는데, 나는 대학까지 졸업하고 나서야 하게 되었다. 학교 가는 게 신나고 즐거운 학생이라, 기껏 한다는 고민도 그 안에서 성적을 끌어올리기 위해서 어떻게 하지라든가, 친구랑 사이가 예전만 못한데… 하는 소소하고 고만고만한 문제였다. 그러다 뒤늦게 온 사춘기로 난데없이 예민해지고 순간 까칠한 모습을 보였다. 사춘기로 이런다고 주변에서도 짐작 못 했고 겪고 있는 나도 몰랐다.

   사춘기. 예측불허의 감정 기복 사이클에다 특별한 이유 없이 만사가 다 싫고 귀찮아질 때가 온 것이다. 원하던 직장에도 못 가고 그나마 들어간 직장에서는 방심하다가 퇴짜를 맞질 않나, 졸업하면 번듯하게 뭐라도 될 줄 알았는데 어디로 가야 할지 모르는 백수가 되어 있었다. 남들 다 일하는 시간에 회사 간다고 하고 나와서 도서관에 자리 잡고 앉아 있으려니 이게 무슨 일인가 싶었다.

총체적 난국이었다. 뭐라도 되고 싶은 게 있고 목표가 있었으면 착실하게 준비라도 할 텐데 하고 싶은 일이 없었다. 뭐라도 하긴 해야 할 것 같아서 영어도 공부하고, 취업을 위한 취직 시험 공부도 해 보지만 원하는 게 뭔지 모르는데 잘될 리가 없었다. 하루하루 시간 때우기 그 이상도 그 이하도 아니었다. 시간은 내 의지와 상관없이 잘 흘러갔고 나만 제자리걸음을 하고 있었다.

혼자 있는 시간이 많아지면서 '나'라는 사람에 대해 자주 생각하게 됐다. 내가 어떤 사람인지 이제야 궁금해진 것이다. 지금까지는 주어진 상황에서 그때그때 내 앞에 놓인 숙제를 해결하면 미션 클리어고 그걸로 충분했는데 이제는 내가 상황을 만들고 판단하고 나에게 지금 필요한 것들을 찾아 나설 때가 온 것이었다.

아이들이 자라며 한동안 '왜'라는 질문을 쏟아내듯, 내가 어떤 사람인지, 내가 무엇을 하면 잘할 것 같은지를 스스로는 물론 남에게도 수시로 묻길 좋아하는 질문쟁이가 되었다. 자신에 대해 잘 모르고 있던 사람이어서인지 정작 그 답을 내려야 할 때 내 의견만으로는 부족하다고 느꼈다. 다른 사람의 의견을 모아 나름대로 서베이survey를 한 셈이다. 주관적 의견을 모아 평균을 내 보고 객관적 의견으로 삼기로 한 것이다.

사실 이런 식의 주제에 관한 질문은 받는 사람 입장에서는 답하기가 곤란한 경우가 많아서 설사 궁금해도 잘 묻지 않는다. 질문을 한다 해도 주제에 어울리는 진지한 상황이 만들어지게 되면 그때나 겨우 던진다. 그런데 질문을 받은 상대의 곤란함이나 수고보다 내 답답함이 먼저다 보니 질문을 던져도 될 타이밍에만 묻지 않고 아무 때나 툭 상대에게 던졌다. 그냥 밥 먹다가 그냥 길 가다가 그냥 아무 때나 내가 궁금할 때.

미리 생각하고 답을 해도 쉽지 않은데, 그 와중에 심오한 질문을 예상치 못한 순간에 던져 대니 사람들은 당황했을 거다. 나는 어렵게 말을 꺼낸 게 아니고 그냥 던진 거였다. 무거운 대답도, 가벼운 대답도 괜찮았다. 대답을 해 주어도 좋고 안 해 줘도 괜찮았다. 이기적인 내 마음까지 알 리 없어 질문을 받은 상대들은 곤란했겠지만 참을성 있게 인내심을 가지고 답해 주었다.

기억에 남는 대답이 하나 있는데, 그 친구는 나에 대해 이렇게

묘사했다. 넓디넓은 마당이 있는 이층집에 내가 사는데, 그 집 마당과 1층에는 누구든지 들어와서 놀다 갈 수 있고 언제까지 머물러도 된다고. 그런데 2층으로 통하는 계단을 올라갈 수 있는 사람은 잘 없고 그마저도 안쪽에 위치한 내 방에 들어갈 수 있는 사람은 몇 안 될 거라고.

처음에는 무슨 말인가 싶었으나 시간이 지나고는 나만 안다고 생각한 깊은 속내를 어떻게 알았는지 신기했다. 친구는 '내가 어떤 사람인지?'라는 질문에 생각을 다듬어 정성스레 답을 해 줬을 뿐인데 정작 나는 핵심을 간파당했다 느꼈는지 "네가 나에 대해서 뭘 아는데?"라고 받아쳤다. 차라리 묻지나 말지. 원하는 답 안 나왔다고 심통이나 부리고 말이다. 답정녀가 따로 없다.

그렇다고 친구의 말을 허투루 흘려듣지도 못했다. 당장은 아니어도 살다가 친구의 말이 떠오르고 그때의 대답은 내게 좋은 화두가 되었다. 재미 삼아 해 본 MBTI 검사에서는 ESFJ, '사교적인 외교관형'으로 나오는데, 반대 의견에 부딪치면 마음의 상처를 쉽게 받아 객관성을 키울 필요가 있다는 설명을 보고는 한참을 웃은 적이 있다. 잘 까먹지도 못하고, 고심하며 신경 쓰다 보니 나에 대해 몰랐던 진실을 조금씩 찾아가게 되었다. '아, 그래서 그랬구나'라는.

낯선 사람과 환경에 금방 적응할 줄 아는 사람이라 생각했는데, 기준이 꽤 까다롭고 적응하기 위해 엄청나게 노력해야 하는 사람이었다. 개방적인 사람이면서도 혼자 조용히 시간을 보내는 걸 더 좋아하고 그렇게 지내야 충전이 되는 사람이었다. 타고나길 그랬으면서도 사람들과 두루 잘 지내는 것이 사는 데 여러모로 편리하니 속내가 잘 보이지 않을 정도의 거리감을 유지하려고 노력했던 것 같다.

나만의 처세술이라고나 할까? 그래서인지 대립 상황이 생겨도 정면 돌파하기보다는 대세에 지장이 없는 한 양보하는 편이었다. 갈등이나 불균형이 불편했다. 넘치지도 않고 모자라지도 않고 무난하게 지내는 걸 습관으로 갖게 된 것이다. 그래서인지 눈에 띄는 특별함이 없었다. 무난함이 콤플렉스라면 콤플렉스였다.

1층이고 2층이고 선이고 뭐고 다 자신을 옥죄는 틀인 걸 깨닫는 데 시간이 꽤 걸렸다. 선을 좀 넘으면 어떤가. 넘으라고 있는 게 선인데, 선 좀 넘었다고 긴장하고 경계 태세를 갖추다니 말이다. 그게 다 부족하고 모자라서 나오는 행동이다. 평소 자주 쓰는 말이 '흐르는 강물처럼 살겠다'였으면서 정작 물처럼 유연하게 생각하고 행동하지 못한 것이다. 어디에나 담길 수 있는 탄력성을 가지면서 물이라는 본질은 변하지 않듯 살고 싶다면서 말이다. 다짐하듯 강조하는 말이 있다면 그건 그 부분의 결핍이 있어서 그런 것 같다. 충분하면 찾을 이유가 없다.

결핍을 확인하는 건 괴로운 일인데, 이 스물다섯 살의 뒤늦은 사춘기는 끝날 기미가 안 보였다.

언제까지 흔들려야

"광고는 수단이 아니다.
그런 생각을 갖고 있다면 그만하는 게 좋겠다."

광고가 수단이 아니라니 이게 무슨 말인가. 냉혹한 시장에서
경쟁자와 싸워 이겨 살아남기 위해 기업이 쓰는 마케팅 수단
중에 으뜸이 광고인데 말이다. 수단이 아니라고 하신 분은
인턴을 했던 광고 대행사 시절 상무님이시다.

인턴으로 입사했던 회사는 외국계 독립 광고 대행사였다.
'독립'이라는 말에서 짐작되듯이 기업으로부터 안정적인 광고
수요가 없는 회사로 믿을 수 있는 건 그 회사의 실력이었다.

광고 좀 한다는 선수들의 집합소였던, 당시 회사에서 핵심 간부인 상무님이 "우리 임 선수는 나중에 하고 싶은 일이 뭐지?"라고 질문하셨는데 인턴인 내가 눈치 없이 "복합 문화 공간의 경영자가 되고 싶습니다"라고 대답했던 것이다.

평소 격의 없이 대해주는 상사와의 자리라 해도 직장에서였는데, 철이 없어도 너무 없었다. 상대가 무슨 의도를 가지고 질문했는지 파악하고 살펴 그에 상응하는 대답을 하는 게 사회생활 기본 중의 기본인데, 그때의 나는 여전히 진로 탐색 중인 학생이었다. 첫 직장에서 계약 해지 통보를 받고 무엇을 원하는지에 대한 답을 찾아낼 때까지 끈질기게 매달릴 필요가 있다는 걸 깨닫게 되었으면서도 다음 직장에 그냥 또 들어갔다. 직장을 다니면서도 여전히 개념이 없었다. 업에 대한 철학도 없고, 그저 하루하루 무사히 넘기고 월말이면 월급을 받고 놀러 다니고 하는 생활을 계속했다.

생각 없이 회사를 다니던 내게 상무님의 한마디는 내 인생의 중요한 화두가 되었다. 되고 싶다고 해서 되는 게 아니질 않나! 상무님께 말씀드린 것처럼 '복합 문화 공간의 경영자'가 되고 싶다면 무엇을 준비해야 하는지 점검하고 살펴보게 되었다. '여기서 뭐 하고 있는 것인가? 왜 여기에 있는가? 진심으로 원하는 게 맞는 건가?'를 들여다보게 되었고, 광고 대행사의 직원이 아닌 예술 분야 종사자가 되기 위해서는 우선 해당 분야에 대해 알아야 한다는 생각을 하게 되었다.

그렇게 해서 문화 예술 기관으로의 이직을 위해 시험을 보았으나 잘 되질 않았다. 이번에는 쉽게 포기 안 하고 대신 다소 내겐 낯선 '예술 경영'이라는 분야를 공부해야겠다고 마음을 먹게 되었다. 가고자 했던 학교를 졸업하고 한국으로 돌아와 활동하고 계신 분을 인터넷에서 찾아냈다. 대학로에서 공연 기획사를 운영하다 영국에 유학을 다녀오신 분이셨다. 만나 보고 싶다고 온라인으로 연락을 몇 번 드리게 되었고, 드디어 그 바람이 성사되었다.

취업보다는 유학에 관한 정보를 얻으려고 했었다. 그분은 선망의 직장인 광고 대행사를 그만두고 영세한 이 업계로 들어오고자 하는 이유에 대해 진지하게 고민해 보라는 말씀을 해 주셨다. 그러면서 상상했던 것보다 여기는 훨씬 더 열악한데 괜찮겠냐고도 물으셨다. 귀중한 시간과 돈을 들여 하는 선택인 만큼 신중하게 업계의 현실을 들여다볼 것을 강조하셨다. 유학 갈 돈으로 공연 한 편을 제작해 보는 것도 가치와 의미가 있을 것이라고도 해 주셨는데, 꽤 설득력 있게 들렸다.

하고 싶은 일이 생기고 할 일이 분명해진 이상 시간을 허투루 쓰고 싶지 않았다. 직접 부딪쳐 봐야 알 수 있고 감을 잡을 수 있으니, 일단 문화 예술 분야로 갈아타기로 하고 회사에 곧바로 사표를 냈다. 유학을 가지 않는 대신 업계를 직접 겪어 보기로 한 것이다. 진로 상담을 해 주셨던 분이 창업한 공연 기획사에 입사하기로 했다. 지나고 보니 인생의 큰 방향을 정한 중요한 결정이었다.

그러나 공연 기획자로서의 삶은 예상보다 훨씬 어렵고 팍팍했다. 영세하다 보니 체계를 제대로 갖추기 힘들고, 업무 분장이 있기는 하지만 형식적일 뿐 거의 모든 일을 함께 다 해야 했다. 누구나 다 일당백이 되어야만 하는 현실. 인터넷 마케팅이 활성화되기 전이라 잠재적 관객에게 전화나 팩스, 우편으로 정보를 직접 전달하는 아날로그 방식이 활용되었다. 규모가 좀 되는 회사라면 단순 홍보물 발송 업무는 외주를 줄 수도 있었겠지만, 공연 티켓을 다 팔아도 수지타산이 겨우 맞을까 말까 한 상황이라 직접 다 해야만 했다.

식비를 절약하기 위해 사무실에서 밥을 해 먹고 설거지를 하고, 단체 관람객 수를 늘리기 위해 대학에서 공연 관련 수업을 하는 강사들을 수소문해 찾아가 무작정 수업 끝날 때까지 기다렸다가 작품을 홍보하며 초대권을 건네고 오기도 하였다. 공연 기획이나 예술 경영이라는 말이 근사해 보이지만 실은 짠내나는 가내 수공업의 노동 현장이었다. 그렇게 준비한 공연이었지만 월드컵에서 한국의 4강 진출로 온 나라가 축제의 장이 되면서 공연을 제대로 선보이지도 못하고 막을 내리게 되었다.

축구 말고는 어느 것도 흥미를 끌지 못할 때였다. 축구 하나로 전국이, 전 세계가 들썩였고 사람들이 어두컴컴한 공연장을 찾을 이유가 하나도 없었다. 회사는 돈을 벌기는커녕 빚을 잔뜩 지게 되었다. 빈곤해진 살림이 되면서 대학로에서 사무실을 빼서 다른 회사에 신세를 지게 되었다. 작지만 번듯한 우리 사무실에서 화려하지만 남의 사무실 한구석에 자리를 잡게 된 것이다.

직원들에게 월급을 제때 주기 힘들고, 멋진 공연 만든다고 빚을 지는 대표님이 느꼈을 삶의 무게감이 상당히 크게 느껴졌다. 잘해 보려다가 실패를 하게 된 거라 누굴 탓하고 그럴 수 없었다. 모두가 함께 이 어려운 시국을 잘 넘겨야 했다. 회사가 열악해 지면서 공연을 직접 제작하는 대신 다른 행사의 마케팅을 대행해 주면서 다음을 기약하게 되었다. 그러나 상황은 나아질 기미가 보이질 않았다.

이대로 버티면 나아지는 것인가? 나의 지난 선택이 경솔했던 것은 아닌가? 별의별 생각이 다 들었다. 이 분야로 진입은 했으나 생각보다 더 빈곤한 업계 상황에 버텨 낼 자신이 더 없어져 갔다. 점점 더 규모가 작아져 가는 회사에 출근하던 어느 날, 공연을 만드는 사람 말고 그냥 좋은 관객이자 후원인이 되기로 마음을 고쳐먹었다. 하고 싶은 일 한다면서 삶이 궁상 맞아지는 것을 더는 견디기 힘들었다.

미련 없이 다시 광고업계로 돌아갔다. 벌써 네 번째 이직이었다. 나는 다시 이 체계에 금방 적응하고, 업무를 해 나갔다. 기획 회의하고, 광고주를 만나고, 광고주가 원하는 방향을 제작팀에 이야기하고, 제작물을 기다리고, 제작물 시안을 들고 광고주를 만나 설명하고, 잘했다고 칭찬도 받고 하면서 다시 훨씬 늘어난 월급에 만족하며 지내게 되었다.

어느 날 새로운 제품 출시에 맞춰 신박한 프로모션 아이디어를 가져오라는 광고주의 주문을 받고 어떻게 제품을 효과적으로 노출하는 게 좋을지 생각하고 있었다. 그때 갑자기 영화의 한 장면처럼 나를 제외한 회사 사람들은 즐겁게 자기 할 일 하면서 빠르게 움직이고 있고, 내가 앉아 있는 곳만 시간이 멈춘 것처럼 느껴졌다. 무리에 섞이지 못하고 혼자만 동떨어져 있는 이방인stranger이 된 느낌.

내 사이즈의 옷이 아닌데 억지로 몸을 구겨 넣고 입고 있는 느낌. 이질감과 소외감이었다. 공연 기획사보다 일하는 게 훨씬 편하고 익숙했지만 어색함을 꾸역꾸역 참아 내며 붕 떠 있는 기분이 들어 회사에 가는 것도, 거기 있는 것도 고역이었다. 출근하는 게 너무 힘들고 죽을 맛이었다. 퇴근이 곧 탈출이었다. 오히려 괜한 감상에 젖어 안 느껴도 될 낯섦을 느끼는 나를 자책했다. '누구나 다 이러면서 사는 거야. 적당히 살면 되지, 유난하다'는 생각을 많이 했던 것 같다.

문화 예술 분야로 가서 일에서 재미와 의미를 찾는 걸 좋아하는 사람이라는 걸 알게 되었지만 충분한 밥벌이가 되지 못해 다시 여기 왔는데, 막상 여기가 답이 아니라는 생각이 들기 시작한 것이다. 앞으로 이런 이질감과 소외감을 느끼면서 평생 살게 될 텐데 과연 얼마나 더 버텨 낼 수 있을지 자신이 없었다.

그래도 나는 배부른 돼지가 되고 싶지, 가난한 소크라테스가 되고 싶지는 않았다. 버티다 보면 버티게 된다고 믿고 싶었다. 인생은 흔들려야 제맛이지만, 언제까지 흔들리며 나를 찾아야 하는 것인지 끝이 보이질 않았다. 서른 즈음에는 심지가 굳고 단단한 어른이 되어 있을 것이라 생각했는데 갈 길 몰라 여전히 방황하고 있으니 답답하고 막막했다. 나를 찾아 헤매는 여정은 끝이 날 기미가 없었다.

답은 언제라도 내 안에 있지만,

영화 '슬라이딩 도어즈Sliding Doors'에 보면 출근과 동시에 해고를 당하고 집으로 돌아가는 길에 지하철을 탔거나 타지 못했거나 하는 두 가지 상황에 따라 주인공 헬렌의 인생이 달라진다. 인간이 어느 방향으로 가느냐에 따라 결과값이 다르니 깊은 고민에 빠질 수밖에 없다. 인간의 적극적 선택과는 상관없이 상황이 변수가 되는 영화다.

이에 반해 인간의 의지가 적극 개입된 선택의 장면은 명작 '매트릭스The Matrix'에 나온다. 모피어스는 주인공 네오에게 두 개의 알약을 보여 주고 고르게 한다. 파란 알약은 안락한 현실에는 남지만 진실과는 멀어지고, 빨간 알약은 고통스러운 진실과 마주하게 되나 현실을 각성하게 된다. 불편한 진실을 외면하며 살지, 불편한 사실이라도 진실을 알게 될지의 문제다. 주인공 네오는 빨간 알약을 선택하고 불편하지만 진실과 대면하는 여정에 오른다.

살면서 선택의 순간은 자주 온다. 사소하게는 오늘 저녁을 누구와 함께 무엇을 먹을까에 답하는 문제에서도 선택이 있다. 어떻게 결정하느냐에 따라 사람들의 시간의 질이 달라진다. 선택에 관해 이야기할 때마다 '인생의 각도기'라는 표현을 썼다. 스무 살의 내가 내린 이 1도만큼의 결정이 시간이 흘러 서른 살 내 인생에는 1도보다 큰 10도만큼의 영향을 줄 수 있다. 1도 작다고 우습게 보여도 10년 뒤 어떤 식으로 나에게 효과가 미칠지는 모른다.

인생에서 의지를 가지고 처음 선택해 본 일이 무엇이었나 생각해 보니, 고등학교 때 문과로 갈지, 이과로 갈지 정하는 것이었다. 공부해야 할 과목이 달라지고, 사물과 세계를 보는 틀도 달라지고 앞으로의 인생 방향도 달라질 수 있는 중요한 문제였다. 그런데 사실 겨우 열일곱 살짜리가 앞으로의 세상이 어떻게 될지도 모르고 본인이 어떤 사람인지 알지도 못하는데 둘 중에 하나를 고르라 하는 건 무리다.

다른 과목에 비해 수학을 좀 잘하고 정신과 의사가 되고 싶다는 이유에서 이과를 선택하게 된다. 당시 나에겐 두 가지 장래 희망이 있었다. 하나는 다큐멘터리 프로듀서이고 하나는 정신과 의사였다. 텔레비전을 너무 사랑한 내가 텔레비전과 관련된 일을 하고 싶었던 이유와 다른 사람의 뇌와 정신을 들여다보고 고친다는 것이 매력적으로 보인 이유에서 희망한 직업이었다. 정신과 의사도 즐겨보던 드라마나 영화에서 주인공 역할이 정신과 의사였을 것이다. 생각보다 거창한 이유는 없다. 잘 들여다보면. 조금이라도 고민하기는 했을 텐데, 선택과 결정은 이렇게 이뤄졌다. 학교에서 공부를 조금 한다 싶으면 학생들을 이과로 보내 대학 진학률을 높였는데, 우쭐한 마음에 선택한 이유도 있을 것이다.

그러나 이과생이 된 지 얼마 되지도 않아 선택이 크게 잘못 되었다는 걸 알았다. 학기가 시작되고 얼마 안 가서 성적이 사정없이 떨어지기 시작했다. 수학 좀 잘한다고 자신했으나 이과 학생이 배우는 수학은 공식만 외워서 단순하게 대입해서 푸는 '산수'가 아니었다. 이과생이면 배우는 화학, 물리, 지구과 학도 전혀 흥미가 생기질 않았다. 지구가 어떻고, 원소가 어떻고 하는 선생님의 말씀은 머리에 입력이 안 되고 튕겨 나갈 뿐이 었다. 성적이 잘 나오기는커녕 이대로 가다가는 대학 진학조차 못 할 판이었다.

이과에 더 남아서는 전혀 방법이 없었다. 성적에 맞춰 대학을 어렵사리 간다 해도 이공계 학생으로서 대학 생활을 제대로 할 리가 없었다. 천상 문과형 인간이었는데, 무슨 생각으로 이과를 갔는지 모르겠다. 고3이 되면서 다행히 이과에서 문과로 넘어올 수 있었고, 안 해 본 과목을 따라잡느라 힘들었지만 훨씬 익숙하고 편안했다. 이제야 내 자리로 돌아왔다는 그 느낌이었다.

다음으로 내가 한 중요한 선택은 '문화 예술 업계에서 일하기로 한 것'과 '이 업계를 떠나지 않기로 한 것'이다. 광고 대행사를 나와 호기롭게 공연 기획사를 갔지만, 밥벌이가 안 되는 현실은 참기 힘들었다. 용돈 수준도 안 되는 월급을 받고 살 자신이 없었다. 밥벌이로 자기를 책임지는 생활을 하고 있지 못한다는 생각에 자괴감마저 들었다. 다시 돈을 더 버는 광고 대행사로 갔으나 간 지 3개월도 안 되어 나를 받아들이기로 했다. 힘들어도 재미있게 살고 싶어 하는 내 안의 욕망을.

나는 부딪치고 깨져서 몸으로 체득해야 하는 사람이었다. 먹어서 맛을 봐야 직성이 풀리는 사람이었다. '대충 그럴 것이다'라고 생각하고 가지 않는 사람이 아니었다. 가서 보니 알게 되고 확인했다. 명분을 택하고 적게 소유하는 삶, 그게 나에게 맞는 삶이라는 걸 인정하고 받아들였다. 한쪽을 포기하고 나니 마음이 가벼워졌다. 인정하기까지가 어렵지, 인정하고 나니 다음에 무엇을 해야 할지 선명하게 보였다. 때마침 공연계에서 이제껏 보지 못한 재미있는 프로젝트가 기획되고 있으니 합류하면 좋겠다는 제안을 받게 되었고 주저하지 않고 공연계로 다시 돌아왔다.

내가 어떤 사람인지 뒤늦게라도 깨닫고 받아들여서 가능했던 일이었다. 나를 안다는 건 말은 쉽다. 하지만 무엇보다 난해한 주제다. 과거가 아닌 미래에 대한 선택이니 정보가 비대칭적일 수밖에 없다. 가끔 나를 대신해 결정해 주는 존재가 있으면 좋겠다고 생각할 때도 있다. 당장 답하기 곤란하다고 모르는 척하고 애써 외면하면서 지낼 수도 있다.

덮어 두고 처박아 둔 인생에 관한 과제는 언젠가는 해결해야 한다. 언제까지 도망 다니고 피해 다닐 수만은 없다. 답이 바로 보이지 않는다고 포기하지 말고 곰곰이 들여다보고 뼛속까지 깊이 내려가 봐야 한다. 그 과정이 나만 고통스러운 건 아니다. 그래도, 누구도 아닌 나의 인생이 걸린 문제이니 어쩔 수 없다.

미뤄 둔 숙제는 언젠가는 하게 된다. 해결의 답은 결국 내 안에 있다. 그게 인생이다.

선택이 나를 속일지라도

"언니, 상담을 받아 보는 게 좋겠어.
추천해 줄 만한 곳이 있으니 필요하면 말해."

광고 대행사 다닐 때 같은 본부 소속이었다가 인간의 두뇌를 연구해 보겠다고 공부를 시작한 후배가 내 얼굴을 보더니 한 말이다. 그때의 나는 공부를 하겠다고 직장까지 관둔 전업 대학원생이었다. 몸을 관리하듯 정신을 챙기는 게 중요하다는 인식이 형성되기는 했지만 그래도 일상에 뿌리를 못 내리고 다른 차원에 사는 사람들이 가는 곳이라는 생각이 들어 후배의 상담 권유는 부담되고 불편했다. "말해 줘서 고맙긴 한데, 시간이 지나면 괜찮아질 거야"라고 대화를 서둘러 마무리하고 헤어졌다.

나를 걱정해 주는 상대에게 고마운 마음이 들기보다는 부끄러운 모습을 들킨 것 같아 '다음부터는 너무 솔직해지지 말아야지'라는 생각부터 들었다. 내가 다른 사람을 살피고 신경 써주는 건 괜찮고 다른 사람이 나를 들여다보는 건 싫은 심리가뭔지 모르겠다. 그러나 별일 없으면 좋았겠지만 정서는 더불안해져 갔고, 결국 연락처를 물어 그 병원에 가게 되었다.

병원에 들어서는 데 누가 나를 보면 큰일이 날 것처럼 얼굴을폭 숙이고 들어갔다. 대기실에 앉아 있으면 혼자 중얼중얼거리는사람, 이유 없이 소리 지르는 사람 등으로 가득할 것 같았는데막상 병원 안은 조용했다. 다른 점이 있다면 병원이라면 보통보호자를 동반하는 경우가 있어서 환자와 보호자가 나란히 앉아있는 경우가 많은데 그날 내가 간 병원은 보호자 없이 혼자들 와서 옆 사람과는 적당한 거리를 두고 각자 할 일들 하면서자기 차례를 기다리고 있었다.

드디어 내 차례였다. '해리 포터'처럼 귀여운 외모에 나이는 50대초반 정도 되어 보이는 선생님이 앉아 계셨다. 대기실에서기다리며 작성한 테스트 결과지를 보시더니 다행히 우울증은아니니 당분간 상담을 받으러 오면 좋을 것 같다고 하셨다.한 30분 정도 이야기를 나눴던가? 선생님은 질문하고 나는 대답하고, 그러는 동안 내가 하는 말을 받아 적으신 건지 나를 관찰

하며 메모하신 건지는 모르겠는데 선생님은 계속해서 무엇인가를 써 내려가셨다.

처음 보는 사람 앞에서 얼마나 솔직하게 말을 할까 싶었는데 그건 기우였다. 나에 대한 배경 지식이 전혀 없고 개인적으로 얽힌 관계가 아니어서 그런지 선생님이 질문한 내용에 많은 대답을 쏟아 내고 있었다. 신기했다. 내가 말한 내용에 답을 주지 않고 '그랬군요'라든가 '그럴 수도 있겠네요'라는 표정으로 바라만 보고 계시니 훨씬 편했다.

그때의 내가 힘들었던 건 여러 이유가 있었겠지만 상황이 생각대로 풀리지 않고 남들은 성큼성큼 앞으로 나아가는 데 나만 제자리걸음을 걷고 있다고 느꼈기 때문이었던 것 같다. 남들과 비교해 봤을 때 뒤처져 있다고 느꼈던 것 같다. 이따금 새로운 사람을 만나면 무슨 일을 하는지 묻는 경우가 있는데, 보통 무슨 일을 하는지에 관심 있다기보다는 '어느' 직장에 다니는지가 궁금한데 에둘러서 질문해 오는 경우가 많았다. 문화 예술 분야가 일반적인 분야가 아니어서 어디 다닌다고 이야기해도 잘 모를뿐더러 무슨 일을 하는 지 설명해도 백이면 백 "(정확히는 잘 모르지만) 아, 좋은 데 계시네요"라고 대답하는 사람들이 다수였다. 백 마디 말 필요 없이 굴지의 대기업에만 다닌다고 하면 더 이상의 설명을 안 해도 되는 직장에 다니면 참 편하겠다, 생각한 적 많다! 아무튼 그런 번듯한 직장에 연봉도 꽤 받고 해야 하는데, 아직도 학생이라니 한심했다. 성실하게 요령 안 피우고 사는 것 같은데 축적되는 건 없는 것 같고, 너무 멀리 와 버렸는데 어떻게 다시 돌아가야 할지 모르겠고, 큰 기대를 갖고 시작한 대학원 생활도 기대와 많이 다르고….

학부 때 '사회학'이라는 내 전공을 좋아하긴 했지만 잘하지는 못했다. 수업 시간에 교수님과 선배들 간의 오가는 차원 높은 대화를 듣고 있다 보면 주눅이 들었다. 심오한 대화에 낄 자신도 없고, 알아들어야 질문이라도 해 볼 건데 이해를 잘 못 했다. 겨우 졸업이 가능할 정도로만 학교를 다녔다. 대학 졸업하고 사회학 공부를 더 해 보겠다는 생각은 감히 접었다. 그러다가 인생은 어차피 도전이고, 개선하는 데 의의가 있으니 잘하지 못했던 공부를 언젠가는 제대로 잘해 보고 싶다는 미련이 있었다.

다시 돌아온 공연 예술계에서 연이어 참여한 대형 공연 프로젝트를 끝내고 보니 더 하고 싶은 일이 없었다. 그래서 공부를 더 해 보자, 생각하게 된 것 같다. 막상 대학원 입시를 준비하려고 보니 주변에 하고자 하는 전공, 행정에 대해 물어볼 사람이 없었다. 이 업계에서 일하면 예술 경영이나 공연, 미학 등의 전공을 택해 가는 게 일반적인데, 행정 대학원은 생뚱맞은 선택이었다. 오죽하면 일하면서 만난 선배 중에 행정 대학원에 진학할 생각이라 하니 권력에 더 가까워지고 싶은 거냐고 하시면서 마땅찮게 보시는 분들도 있었다.

문화 예술 분야는 정부 등 공공의 지원이나 역할이 커서 공공 분야의 체계나 문화, 그리고 언어를 이해하는 것이 앞으로 일하는 데 도움이 될 것 같아 '행정'이라는 전공을 택한 것이었다. 일하면서 없는 시간 쪼개 입시 학원을 다니며 필기 시험을 준비하고 어릴 적 다니던 좁디좁은 동네 독서실에도 다니면서 가게 된 대학원이라 기대가 많았다.

처음에는 전업 학생으로서 학교를 다니는 것만으로도 기분이 좋고 스스로 대견했다. 그런데 학기 시작하고서 기대와 다르다는 생각이 점점 들어갔다. 불안했다. '선택에 한 치의 오차도 있으면 안 되는데, 왜 다르지?'라는 생각이 들었다. 늦게 시작했으니 쓸데없는 시간 낭비는 안 하고 싶었다. 그런데 대학원은 잘못이 없었다. 여기는 원래 이런 곳이었다. 내가 잘못 포인트를 잡고 판단을 잘못한 것이었다.

문화 예술이 정부 예산에서 2%도 채 안 되는 미미한 부분을 차지하고 있는데, 행정 대학원에서도 당연히 이 분야는 미약한 존재였다. 문화 예술을 심층적으로 배우고 싶었으면 여기를 올 일이 아니었다. 그간 해 왔던 일과 이 전공하고 직접적인 연결고리를 찾는 건 무리였다. 첫 학기는 잘 모르니까 하고 좀 나아지겠거니 하고 넘겼으나 두 번째 학기부터는 여기에 잘못 내렸구나, 이 역이 아니었구나, 하는 생각이 들었다. 행선지를 잘못 보고 탔는데 다음 역에 도착할 때까지 내릴 수도 없고 그냥 타고 가야만 하는 상황이었던 것이다.

시작한 지 얼마 되지도 않았는데 불안해지기 시작했다. 실무를 놓으면 죽도 밥도 안 될 것 같았다. 학문과 실무를 병행하겠다고 다시 일(풀타임으로 일하기는 물리적으로 안 되고 파트타임으로 가능한 연구 보조 역할)을 시작했고, 동쪽 끝의 우리 집에서 서쪽 끝의 일터, 남쪽 끝의 학교를 매일매일 지하철과 버스를 타고 다녔다. 서울을 크게 삼각형 모양으로 그리면서 돌아다니는 생활이었다. 지하철에서 책 좀 보겠다고 항상 가방이 무겁게 책을 넣어 다니고 다녔지만 '책은 무슨!'이었다. 피곤해서 자기 바쁘고 몸이 힘들어서 그런지 평소 잘 먹지 않던 초코바를 입에 달고 살았다. 열심히는 하는데 되는 일은 없는 그런 시간이었다.

잘못 판단 내렸다고 생각해서 이제라도 교정해 보려고 스스로 더 다그쳤던 것 같다. 예상과는 다른 길로 들어섰어도 정신을 바짝 차리고 당장은 아니어도 언젠가는 도움될 것이라 믿고,

잘못 들어선 길을 따라서 걷는 동안에도 즐겁게 걷고 행복해할 수 있었을 텐데 그렇게 못 했다. 이유 없이 밤에 자다가 우는 날이 많아지고, 힘들어도 곧장 기운 차리고 했었는데 그게 잘 안 되는 날이 많아졌다.

이러지도 못하고 저러지도 못하는 상황을 꾸역꾸역 견뎌 내다 탈이 난 것이다. 서너 달을 상담을 받으러 다녔다. 연구 보조원 생활도 곧 그만두었다. 예상과는 다르지만 애초에 전업 학생으로서 지내 보기로 한 것이다. 수업만 듣고 바로 아르바이트 가느라 학교에 정을 붙이질 못했는데 학교 수영장도 다니고, 도서관에 가서 목적이 없는 독서를 해 가면서 차근차근 지금 눈앞의 학교생활에 적응을 해 나갔다.

문제 상황을 인지한 이상 상담은 더 받을 필요가 없었다. 누구도 내 문제에 대한 답을 줄 수 없었다. 선택도 나를 대신해서 누군가 할 수도 없다. 완벽한 선택이라는 것은 애초 불가능했다. 선택은 그저 가고자 하는 방향을 정한 것 그 이상의 의미가 아니었다. 원하는 방향을 찾고 가면 되는 일이었다. 상담을 통해 알게 된 건 나와 외부 세계 간 아무 소통을 못 하고 있을 때가 위험하다는 사실이었다. 어떤 욕망도 일어나지 않을 때 자세를 낮추고 조심해야 한다. 내가 나에게 보내는 위험 신호를 잘 감지하도록 늘 깨어서 나를 보고 있는 것이 중요하다는 걸 알게 되었다.

대학원을 진학한 첫 마음과 의도가 있지만, 그때 그 이유만으로 과정을 마치지는 않았다. 논문을 쓰면서(사실 이것도 한 번에 통과 못 했다. 기본 지식이 부족하니 남들보다 시간이 많이 걸렸다.) 사실인 팩트fact와 의견인 오피니언opinion은 구분해서 써야 한다는 것을 알게 된 것이 대학원 생활 중 얻은 가장 큰 교훈이었다.

내가 진짜 알아서 안다고 말하고 있는 것인지, 정확히 '본인은 잘 알지도 못하면서 남들에게서 듣고 그러할 것이라는 의견을 내는 것' 간에는 큰 차이가 있다. 혼동해서 쓰면 남의 생각을 베끼고 있으면서도 의식을 못 하게 된다. 부끄러움을 모르는 것이다. 아는 것을 '안다' 하고 모르는 것을 '모른다' 하는 간단하고 단순한 상식을 지키지 못하는 경우가 생각보다 많다.

대학원 다니는 2년 넘는 시간을 허비했다고 생각했지만 대학원 다니며 얻은 것이 예상보다 많았다. 내 기대와는 달랐지만 다른 형태의 효용이 분명 있었다. 그러고 보면 선택하느라 너무 많은 시간을 허비할 필요가 없는 것 같다. 직관적으로 선택하고, 그 이후의 과정은 마치 파도에 몸을 싣는 것처럼 상황에 몸과 마음을 실어 어떻게 잘 넘을까, 고민하고 집중하는 일이 오히려 선택을 잘하는 것보다 더 중요했다.

경계를 넘나들수록 단단해지는

태어나 처음으로 국경을 넘어 다른 나라에 가 본 건 대학교 3학년 때이다. 대학생들이 유럽이나 미국으로 배낭여행을 가고, 어학연수를 떠나는 유행이 시작되던 때였다. 남들 가는 어학연수를 가 보려고 장학금을 받으면 연수 갈 경비를 지원해 주겠다고 하신 부모님과의 약속대로 좋은 성적을 받아 냈다. 대학 들어가서 처음으로 받아 본 장학금이었다. 그전까지 학기 성적은 겨우 학사 경고를 면할 정도였으나 꼭 가고야 말겠다는 의지로 하니까 되긴 했다. 역시 인간의 의지와 욕망으로 안 되는 게 없다!

유럽의 여러 나라로 배낭여행을 떠나는 친구들도 있었지만 나는 슈퍼 강대국인 미국이라는 나라가 어떤 곳인지 궁금했다. 미국에 가려고 했던 건 다른 나라의 언어를 배워 보고 싶다는 생각도 있었지만 잘 모르는 미지의 낯선 세상에 가 보고 싶었던 이유가 더 컸다. 밤 비행기를 타고 미국으로 떠나게 되었는데, 그날따라 비는 추적추적 내리고 가족 곁을 떠나 낯선 곳에 당분간 혼자 지내게 된다는 게 비행기 타고야 실감이 나서 창밖을 보며 울적해졌다.

비행기에서 내려서 짐을 찾으러 가는 길, 한국에서는 맡아 보지 못한 향이 났다. 어딜 가든지 비슷한 냄새가 날 거라 생각했는데 달라서 신기했다. 국경을 넘었다는 걸 코로 먼저 느끼게 될 줄 몰랐다. 부모님 곁을 떠나 혼자 지내 보는 게 처음이라 긴장이 되면서도 묘한 설렘 같은 게 있었다.

비행기 안에서 제대로 잠을 못 잤더니 몹시 피곤하다.
마음 가는 대로 놀고 싶다.
생각한 만큼, 계획한 만큼 많은 걸 하고 갈 수 있어야겠다.
부모님 보고 싶다. 그리운.
잘해야겠다.
미국 도착 첫날의 메모

미국은 뭐든지 다 크고 풍족했다. 여기 사람들은 광활한 땅에 살아서 그런지 시간이나 거리에 대한 개념이 우리랑 달랐다.

우리 기준으로 자동차로 서너 시간 갈 정도면 먼 거리인데 미국 사람들에게는 '가까운' 거리였다. 크다와 작다, 가깝다와 멀다가 절대적인 개념이 아니고 '상대적'인 개념일 수도 있다는 걸 알게 되었다. 절대적으로 크고 절대적으로 작은 건 없었다. 비교 대상이 있어야 성립되는 개념들이었다.

미국에서 지내는 건 생각보다 외롭지 않고 힘들지 않았다. 처음에 여기가 뭐든지 다 좋아 보였다. 마시는 물마저도 달라 보이고, 우유도 무슨 종류가 그렇게 많은지 보는 것마다 다 신기했다. 슈퍼마켓에 장 보러 가는 것도 재미있었다. 새롭고 호기심 드는 대상이 정말 많았다. 게다가 국경을 넘으니 원래 있던 내 자리가 더 잘 보여 내가 떠나 온 자리에 대해 새롭게 생각할 기회도 많아 여기에서 지내는 시간은 즐거웠다. 한국에 있을 때는 당연해서 의문조차 갖지 않았던 대상에 대해서 진지하게 고민하는 시간도 재미있었다.

살아지 싫은 감각으로 공연을 이출하는 것도 괜찮은 일이다. 하지만 무엇이든지 많이 배우고, 느끼고, 재밌은 모내 후의 일들을 거치고 이출하는 일이 내 인생의 실모에서 보면 더 순치한 일이 아닐까? 해결은 삶이 대답을 건 맞춘 일이다.

방송국 긴히 갔다가 공연 본 날의 메모

한국이 생각보다 보수적인 가부장적인 문화를 가진 국가라는 걸 여기 와서 알았다. 미국에서 만난 우리나라 분 중에는 남자가 태생적으로 우월하다고 생각하는 분들이 많이 있었다. 성별이 중요한 것이 아니라 훌륭한 인품과 실력을 갖는 게 중요하다고 교육받고 자랐는데 한국도 아닌 이곳에서 차별적인 문화를 처음 겪어 봤다. 대화를 통해 설득하고 설득될 주제가 아니었다. 대화를 하면 할수록 인식의 간극이 점점 더 넓어졌다.

낯선 경험이었다. 노력해도 안 되는 것도 있구나, 하는. 학벌 우선주의나 지역 연고주의 등 편향된 사고가 한 사람의 인식 체계에 이렇게 큰 영향을 줄 수 있는지도 처음 겪어봤다. 한국에서도 못 만나 본 '꼰대 어른'을 만나게 될 줄이야. 꼰대는 나이와 상관없었다.

나와 외부 세계 혹은 다른 세상의 존재에 대해 처음으로 인지했던 것 같다. 아마 미국이 아니고 다른 나라에 갔었어도 마찬가지였을 것이다. 말이 통하지 않는 곳에서 '나'라는 존재는 해변의 수많은 모래알 그 이상도 그 이하도 아니었다. 그냥 노바디Nobody, 아무 존재도 아니었다. 한국에서라면 졸업한 학교가 어디인지, 어느 동네에 사는지, 다니는 직장이 어디인지가 자신의 가치를 설명하는 데 든든한 후광 효과를 줬겠지만 여기 다른 세상에서는 별 의미가 되질 않았다.

오로지 그 사람이 지닌 현재의 능력과 독창적인 속성Originality, 그리고 미래 비전이 중요했다. 그게 그 사람의 본질이고 진짜였다. 어디에 있느냐가 중요한 게 아니라 무엇을 갖고 있느냐가 중요했다. 내 손과 머리로 직접 창조할 줄 알고, 가지고 있는 생각을 효과적으로 표현해 낼 줄 아는 실력을 갖추는 게 중요하다는 것을 알게 된 것이다. 해외와 교류하는 업무를 해도 좋겠다고 생각한 건 경계를 넘나들며 밖을 통해 안을 들여다보았던 이때의 첫 자극과 경험을 잊지 못해서다.

정작 일할 때는 일한다고 경황이 없어서 내가 현재 하는 일이 얼마나 의미 있는지 느끼기도 힘들었고, 가야 할 방향도 잘 잃어버렸다. 안에 있을 때보다 밖에 나가서 내가 잘하고 있고 기특하다는 걸 확인할 수 있었다. 경계를 넘나들며 느껴 본 즐거움은 겪어 보면 안다. 그 중독성 강한 쾌감을 말이다.

경계Border는 사물이나 지역이 어떤 기준에 의해 구분되는 한계를 말한다. 경계에 서 있는 사람들에게는 어디에도 구애받지 않고 자유롭게 사고할 수 있는 특권과 기회가 생긴다. 전학이든, 유학이든, 이직이든 다 선을 넘는 일이다. 선을 넘었다고 가지고 있는 게 흐트러지거나 망가지는 게 아니다. 경계를 넘나들수록 단단해지는 건 나였다.

뉴욕을 사랑하는 이유

코로나19로 오도 가도 못 하는 신세가 되니 국제선을 타고 기내식을 먹을 수 있는 곳이라면 그곳이 어디든 상관없이 무조건 사랑하게 될 것 같다. 비자 받아야 갈 수 있는 나라를 제외하고는 가고 싶은 나라를 아무 때나 가도 될 때가 있었던 것 같은데, 그때가 언제였는지 까마득하다. 공항에서 출국 수속을 하고서 비행기 탑승 전까지 하염없이 기다리는 시간이 세상 쓸모없다고 생각했었는데, 이제 그 시간마저 그리워하게 될 줄 몰랐다.

여행의 자유가 허락되면 비행기를 타려고 집을 나서는 순간부터 신이 날 것 같다. 극장 가서 영화를 보고, 사람들과 웃고 떠들면서 맛있는 음식을 먹으며 지내던 평범한 일상이 그냥 주어지는 일이라고 생각했는데 정말 큰 선물을 받는 것과 같았다니! 절체절명의 바이러스라는 엄중한 시국을 전 세계가 겪으며 지구에 살고 있는 모두가 평범한 일상의 소중함에 대해 느끼며 버텨 내고 있다. 그러면서 쉽게 얻어지는 건 없다는 걸 깊이 깨달아 가고 있기도 하다. 바야흐로 '뉴노멀New Normal' 시대에 접어들었고, 그 파도 위에 올라타 있는 중이다.

어디를 가도 신나겠지만 출발 신호가 떨어지기만 하면 제일 먼저 찾아갈 곳은 뉴욕이다. 내 사랑 뉴욕에 대한 남다른 내 애정은 알 만한 사람은 다 안다. 정작 당사자인 뉴욕은 모르고 나 혼자서 마음의 고향으로 생각하며 짝사랑하고 있다. 미국에 속한 여러 도시 중 하나지만 내게 미국은 뉴욕과 뉴욕이 아닌 곳으로 나뉘어 있다 생각할 정도다.

맨 처음 갔던 건 스무 살을 갓 넘겨서다. 미국 서부에 있는 시애틀 소재 대학교에서 어학연수를 위해 3학기를 다녔고, 마지막 학기는 수업은 더 듣지 않고 혼자 미국 전역을 기차를 타고 여행을 했다. 무슨 배짱과 용기로 넓디넓은 땅을 여행 다닐 생각을 했는지 모르겠다. 무식하면 용감하다고 했던가. 진지하고 신중할 것 같은데 터무니없는 자신감이 튀어나와 저지른 것 같다. 무모함으로 여행을 시작해 미국 내 여러 도시를 다녔고, 그때 처음 가 봤다.

뉴욕에 도착한 날은 미국의 독립 기념일 전날이었다. 미국의 최대 명절 중 하나였는데 마침 그때 가게 되었다. 늦은 시간에 도착했는데 도시는 인파로 북적북적하고 번쩍번쩍 화려했다. 뉴욕의 첫인상이었다. 보고 할 게 너무나 많은 도시였다. 현대 미술이 뭔지도 모르면서 처음 들어보는 작가 작품 앞에서 한참 동안을 멍하니 바라보고 있는 것만으로도 편안해지는 신기한 경험도 하였다. 공연도 보고, 방송국 견학도 하고, 박물관도 가 보고, 보는 것을 좋아하는 나에게 이곳은 천국이었다.

브로드웨이 가서 본 공연이 '오페라의 유령'이라는 뮤지컬이었다. 안 그래도 학생 신분에 없는 살림 쪼개서 여행하는 터라 힘들었지만 공연을 안 볼 수가 없었다. 공연 보는 내내 음악에, 무대에, 의상에, 배우들 연기에 흠뻑 빠져서 공연 중간 인터미션에 팸플릿과 음반을 샀다. 공연 보고 나오는 데 가슴이 벅차고 행복하고 기분이 날아갈 것 같았다.

재미있는 이야기와 맛있는 음식이라면 사족을 못 쓰는데, 그게 너무너무 많았다. 여행 중에 4일인가 머물렀는데 떠나기가 정말 아쉬웠다. 언젠가 꼭 다시 와서 이 도시를 만끽하고 싶었다.

그 뒤로 기회만 되면 찾아갔다. 기회가 안 생기면 일부러 만들어서라도 갔다. 외국에 다녀오는 비용은 만만치 않았다. 문화 예술 분야 일이 박봉이라 먹고 살기도 빠듯하나 여행을 다녀와 출근하게 될 다음 직장에서 벌어서 카드빚을 갚으면 된다는 생각으로 다녀왔다. 길면 두어 달, 짧으면 일주일씩 여행이든 출장으로든 뉴욕에 다녀온 게 열 번은 넘는 것 같다. 나처럼 기획 일을 하는 사람에겐 많이 보는 게 경쟁력을 높이는 일이고 눈과 마음에 최대한 저장해 두는 건 나에 대한 투자라고 생각했다. 사고 싶은 물건과 여행 갈 기회, 둘 중 하나를 고르라면 당연히 여행이었다.

모아 두고 저장해 둔 경험의 구슬이 잘 꿰어져 언젠가 잘 쓰일 날이 올 것이라고 믿었다. 믿고 싶다는 표현이 맞을 것 같다. 언제 일어날지도 모르고 뭐가 될 가능성이 안 보이지만 주문을 걸듯 간절히 기도하는 마음이었다. 나에 대한 투자의 의미도 있었지만 계약 기간에 정해진 미션을 잘 마친 나에 대한 '선물'이라는 의미도 있었다. 새 직장 출근을 앞두고 마음을 다잡을 목적으로 다녀오자는 나만의 의식 같은 것이었다.

뉴욕을 내 집처럼 가게 된 건 남동생 가족이 살고 있다는 이유도 크다. 동생은 뉴욕이라는 거대 도시에 가서 인생을 재미있게 꾸릴 수 있을 것이라고 생각해서 한국을 떠나 있다. 경제적인 여유가 있는 상황은 아니었지만 악착같이 돈을 벌어 가며 가족을 책임졌다. 동생네 사는 것도 볼 겸 해서 갔을 때 동생은 밤잠 못 자 가면서 일해 번 돈을 많이 보는 게 남는 것이라면서 내게 용돈을 주었다. 차마 받기 미안했지만 용돈 줄 생각에 뿌듯했을 동생을 생각하니 안 받을 수 없었다.

정작 자신을 위해 쓰는 돈은 거의 없는 동생이었다. 다 해어진 운동화를 신고 다니면서도 가족을 위해서 최선을 다하는 가장의 역할을 묵묵히 해내는 동생을 보면 대단하다는 마음이 절로 들었다. 무슨 일을 하든 믿고 맡길 수 있고 우직하게 해내는 사람이라 한 살 차이밖에 안 나는 동생이지만 나는 동생을 존경한다. 누군가에게는 고지식해서 답답할 수도 있지만 그에 맞는 자리에 가면 될 일이었다.

뉴욕에 가게 되면 현지에서 화제가 되고 있는 장소를 찾아 동생네를 일부러 데리고 다녔다. 서울 산다고 한강의 유람선 타러 다닌 일이 잘 없듯 여기에 살고 있어도 모를 수 있는 이 도시의 숨은 매력을 알려 주려고 했다. 서울 사람이 서울을 더 모르지 않나! 문화 예술 일을 하는 누나이니 현지 트렌드도 익히고 동생네와 좋은 시간을 보낼 겸 해서 공연과 전시, 멋진 장소, 맛있는 음식이 있는 곳에 같이 다녔다. 지금 너희가 살고 있는 이곳이 여유가 생기면 얼마든지 즐길 수 있는 멋진 곳이라고 이야기해 주고 싶었다.

먹고사는 밥벌이 한다고 쪼들릴 수 있고, 경계에 사는 사람들이라 위축되기도 쉽지만 그러지 않아도 된다고 말해 주고

싶은 것도 있었다. 동생네 부부와 함께 눈과 마음의 호사를
누리고 오면 한국을 떠나기 전에 가졌던 긴장과 불안함, 막연
함이 사라졌다. 이제 다음 단계로 갈 수 있는 마음가짐과 용기,
더 열심히 그리고 잘 살아야 할 이유까지 찾고 한국에 돌아
왔다. 내 사랑 뉴욕에 가면 화려하고 다채로운 도시 라이프가
있고 오손도손 재미있게 살고 있는 동생 가족이 있다. 내 사랑
뉴욕을 앞으로도(물론 코로나19를 극복한 다음에) 안 갈래야
안 갈 수가 없다.

어쩌다 사장

인생은 예측불허다. 내가 사장님이 될 줄이야! 1인 기업에 사장 혼자 있지만, 어쨌거나 대표는 대표다. 가족 중에 회사 다니는 사람은 있으나 사업하는 사장님은 없는 환경에서 자라다 보니 사업하면 다 망하는 줄 알았다. 사업은 누구나 할 수 있는 게 아니라 사업적 재능을 타고난 특출난 사람만이 하는 일이라 생각했다.

그러던 내가 공무원을 그만두고 자영업자가 되었다. 회사에 더 남아 있지 그러느냐고 감사한 말씀도 주셨지만, 그때는 떠나지 않으면 안 될 것 같았다. 경험을 쌓아 볼 목적으로 계약 기간을 정해 두고 들어가기도 했고, 업무 강도가 높아서 당시

체력으로는 버텨 내질 못할 것 같았다. 익숙한 일이 아니기도 하고 작은 실수가 큰 사고로 이어질 수 있는 곳이라 늘 긴장하면서 지냈더니 퇴근하고 집에 돌아오면 거의 시체나 다름없는 상태가 되었다.

그때는 회사를 그만두고 다음에 무엇을 해야겠다고 생각할 여력이 없었다. 무조건 쉬어야 한다는 생각만 들었다. 쉬면서 그간 미뤄 뒀던 병원 진료, 운동 등을 하면서 보냈다. 그러다 덜컥, 창업을 했다. 사업을 해 볼까 생각은 있었으나 회사 체계를 만들고 안정적으로 꾸려 갈 자신도 없어서 엄두도 못 냈던 일인데 말이다. 그렇다고 이번에 없던 자신감이 불쑥 튀어나와서 하게 된 건 아니다. 정말 그냥 시작하게 되었다.

사업을 하려고 마음먹고 나니 일의 순서상 회사 이름을 만들고, 사업자 등록을 국세청에 신청해 회사의 법적인 형태를 갖춰야 했다. 회사가 어떤 비전이 있고 수익을 어떻게 낼지 정하는 게 먼저인데 정작 중요한 내용을 뒤로 미뤄 두었다. 동업자가 있었으면 달랐겠지만 혼자 하는 사업이니 감당할 정도로만 벌리면 된다고 생각한 이유도 있었다. 보고할 윗사람도 없고 챙겨야 할 사람도 없고, 일단 그게 홀가분해서 좋았다. 당장 수익 구조 나기 전까지는 벌어 놓은 돈을 탕진하겠지만 소비를 최소한으로 줄여서 버틸 수 있는 데까지 버텨 보자고 생각했다.

사업체를 통해 어떤 가치를 구현하고 싶은지를 나만의 스피릿spirit을 담고 표현하는 단어들을 골라 후보군을 만들었고, 친구들과의 대화 중에 '호미homi'로 회사 이름을 정했다. 호미는 우리나라 여성들이 쓰던 전통 농기구로, 해외 온라인 쇼핑몰인 아마존에서 그 효용성과 독특하고 수려한 디자인으로 이름을 날린 바로 그 '호미'에서 이름을 따왔다. 좋을 호에 아름다울 미. 호미로 척박한 땅을 일궈 농작물을 생산하듯 문화 예술로 대상에 대한 가치Value를 높인다는 의미를 담은 이름이었다.

회사 이름을 호미로 정하고 사업자 등록을 신청하니 신청한 당일 사업자 등록증이 나왔다. 원래 이렇게 간단한 일이었나 싶게 순식간에 회사의 대표가 되어 버렸다. 완벽주의적인 성향 탓에 무엇을 시작하기 전에 사전 조사가 돼야 하고, 일의 경로를 두세 개는 검토하고서야 본격적으로 일을 추진해 왔는데 이번에는 순서가 뒤죽박죽이었다. 회사의 정체성이자 나의 무기를 어떻게 가져갈 것인지를 가장 나중에 생각하고 있다(사장이 사장만 챙기면 되니 가능한 일이다!).

문화 매개 기업 호미를 개인 사업자로 낸 이유는 절차상 설립하기 용이하다는 점도 있지만 조직을 유연하게 가지고 가고 싶다는 생각이 더 컸다. 협업이나 협력이 필요한 일이 생기면, 전문 사업체나 전문가와 유연하게 연결돼서 가는 방식이 변화가 많고 불안정한 미래 사회에 더 적합하다는 판단이 들어서였다. 조직 생활을 해 보니, 조직이라는 게 신기해서 설립 초창기만 해도 무색무취의 무생물이었다가 점점 조직 자체가 하나의 거대한 생명체가 되어 갔다. 설립 취지가 무색하게 구성원의 삶은 뒷전이고, 조직의 생존과 번영을 위해 규모를 키우고 관리와 감시 시스템을 도입하면서 통제가 일상화되어가는 것이다.

유연했던 조직이 경직되고 완고해져 갔다. 인간이 필요해서 개발한 사회적 틀인 '조직'이 반대로 인간을 소외시키는 현상이 일상적이고 빈번하게 된 것이다. 그래서 조직 '호미'는 필요한 파트너를 찾아 서로 연결되었다가 프로젝트가 완결되면 해체되는 방식으로 운영되는 것을 구상해 본 것이다. 누가 누구를 책임지고 관리하는 것이 아니라 살길을 각자 도모하는 각자 도생의 방식을 구현해 보고 싶었다.

정교한 사업 계획은 해 가면서 세우는 중이고, 그때그때 세금 신고처럼 필요한 일을 처리하며 회사의 꼴을 만들어 갔다. 혼자서 하는 데다 모르는 게 많아 간단한 건데도 맨땅에서 매번 헤딩해 가며 방법을 찾아야 했다. 종합 소득세가 뭔지, 부가 가치세가 뭔지, 세금 계산서 발행은 뭔지, 마케팅이며 세무며 홍보며 하나부터 열까지 인터넷 뒤지고 주변에 물어 가면서 처리해 나가고 있다. 다행히 필요한 거의 모든 게 인터넷의 세상에 있었다. 분야마다 고수들이 거기에 계셨고, 물어물어 하다 보면 익숙해져 갔다. 겪어 내는 과정이 생소하고 불편하지만 그렇다고 불안하지는 않은 게 신기하다.

현재 호미가 주력하는 일은 공간 마케팅과 브랜딩이다. 서울 서북부에 위치한 은평 한옥마을에 신축으로 지은 '일루와유 달보루'라는 현대식 전통 한옥을 복합 문화 공간으로 브랜딩 하는 일이다. 설계부터 단순 주거를 넘어 '복합 문화 공간'이라는 용도까지 염두에 두고 지어졌다. 건축주의 문화 예술에 대한 깊은 식견, 그리고 일찍 본인의 사업가적 능력을 알고 사업을 시작한 후배의 의리 등 그간 만난 많은 분의 도움으로 공간, 일루와유 달보루는 예상했던 것보다 빠르게 자리를 잡아 가고 있다.

호미는 쉽게 말해 나를 무기로 한 회사다. 내가 쓰일 곳이라면 어디든 달려간다는 마인드로 일하고 있다. 물론 아직 어디에서 안정적인 수익 구조가 나올지 알 수가 없는 상태다. 컨설팅, 강의, 연구 등 가리지 않는다. 쓰이다 보면 회사가 어디로 가야 할지 교통정리가 될 것이라고 믿고 싶다. 나를 찾고 원한다면 언제든지 열려 있다. 어디든 필요하면 간다.

호미에서 최근 새로운 과제를 준비하면서 그간 모아두었던 메모를 찾아볼 일이 있었다. 그러다가 그러니까 지금으로부터

10여 년 전에 업무용 수첩에 썼던 메모를 보고 깜짝 놀랐는데
거기 이렇게 적혀 있었다.

목표 지향적 인간이 정해진 목표가 없으니 사는 게 심드렁,
무엇을 해도 심드렁.
현재 내가 바라는 것 — 조용한 한옥, 나무, 그리고 가끔
찾아올 벗들.
인생을 멋지고 행복하게 사는 법. 재미있고 의미 있게 사는 법.
이, 그리고 건강 챙길 것. 인생을 변화시키는 작은 습관
하나, 뭐가 있을까?

　과거의 내가 '한옥'이라는 작업 공간을 그리고 있었다니 놀라
웠다. '한옥'이 좋아서 서울 시내 한옥을 둘러보고 이런 작업실을
가지면 좋겠다고 부러워만 하던 때가 있었는데, 마음속 나침반이
가리키는 방향을 따라오다 보니 원했던 그림을 완성해 가고
있었다. 조용한 한옥을 비움의 공간이면서 채움의 공간으로
만들면서 몸은 고되지만 사람들과 즐겁게 지내고 있었다.
메모 이야기를 들은 후배가 '바라는 대로 이루어지는 예언 노트'
같다면서 지금 이 책에도 예언이 담겨 있을 것 같다고 한 적이
있는데, 과연 이번에는 어떤 내용을 남겨 보면 좋을까?

2

열 번의
이직 생활로
알게 된
것들

이직 열 번에 창업 한 번 하고 보니, 콜렉터도 아닌데 명함이 제법 많다. 명함 속 직함도 다양한데 대표, 사장님, 사무관, 팀장, 프로젝트 매니저, 연구원 등이 있다. 그러다 보니 어느 시절에 만났느냐에 따라 나를 부르는 호칭이 다르다. 한 자리에서 여러 호칭이 난무하는 풍경이 일상적이다.

빠르게 변하는 사회에서 대학의 역할이 무엇인지 토론하기 위해 전문가들이 모인 대학 혁신 포럼이 있었다. 기조 강연을 했던 미국의 미래학자는 "기업의 교육 수요를 대학이 4, 5년 전에 앞서 예측하기란 불가능해졌다"고 하면서 "10년 뒤 사회 초년 생들은 평생 진로 변경을 8~10번 해야 할 것"이라고 예견한 기사를 본 적이 있다. 그러려고 한 건 아닌데 결과적으로 미래 학자의 예견대로 되었다.

미래학자가 예측한 이유로 진로 변경을 열 번이나 한 건 아니 지만 결과적으로 미래 생활 패턴으로 움직여 온 셈이다. 시대를 앞서 나가도 너무 앞서갔다. 반 걸음 정도가 적당한데, 훨씬 많이 갔다. 여러 번 해서 이직의 과정이 익숙할 법도 하지만 단 한 번도 쉽지 않았다. '나는 왜 이럴까?' 하고 자책하고 과정 마다 교훈을 얻어야 한다는 강박도 있었다. 아무렇게나 되는 대로 되는 일은 하나도 없었다.

지금 내 위치가
어디 있는지만 알아도

여행이나 출장 등으로 낯선 장소에 가면 제일 먼저 할 일은 내가 어디에 있는지 파악하고 장소의 분위기를 익히는 것이다. 도착 첫날에는 지도를 보며 가까운 서점을 찾아 버스나 지하철을 타고 갔다. 여기 사람들은 어떤 책을 읽는지, 어떤 주제에 대해 관심을 갖는지 서점 안을 천천히 둘러보며 살펴본다. 많이 찾는 문화 예술이나 교양 잡지를 서점에서 추천받아 구입하고 근처 카페에서 차를 한잔 시켜 놓고 안팎의 풍경을 찬찬히 관찰한다.

잡지를 봤다가 사람들의 목소리, 표정, 걸음걸이, 입고 있는 옷차림 등을 유심히 살펴보기도 했다가 카페를 나선다. 거리를 목적 없이 빈둥대듯 걷다 보면 현지인이 된 것 같다. 머무는 숙소가 도시 어디쯤에 있는지 확인하고, 여행 기간 동안 나의 동선이 어떤 식으로 펼쳐질지 미리 그려보면 남은 일정을 더 풍요롭게 보낼 수 있었다. 일터에서도 마찬가지다. 내가 서 있는 곳이 어떤 곳이고, 맡은 역할이 무엇인지 알고 시작해야 일터에서의 생활도 순조롭다.

일터는 사람들이 모여 있는 조직이다. 조직은 달성하고자 하는 특정한 목표가 있고 목적이 있다. 목적 달성에 적합한 체계를 만들고 사람들은 그 안에서 일을 한다. 사회학 이론 중 '조직'의 개념을 이해하는 데 유용한 이론이 구조 기능주의다. 구조 기능주의에서 조직은 상위 시스템 내에서 하나의 기능을 다 하면서 동시에 시스템의 욕구needs 충족에 필요한 하위 시스템 subsystem을 구성하는 것이라 봤다. 쉽게 말해 조직이 구조로 나뉘어 있고, 각각의 구조는 특정한 기능을 수행하여 조직이 유지되고 있다는 뜻이다.

조직에 속한 개인은 구조 안에서 특정한 기능과 목적을 수행 중이고, 기능 수행 노동의 대가로 보상을 받는다. 조직이 개인을 고용하는, 비대칭적인 권력관계가 형성된다. 비대칭적인 관계에서 조직은 개인이 조직 내에서의 자기 위치에 맞게 행동하는 것을 기대한다. 조직 입장에서 개인은 주어진 기능을 수행하는 것으로 충분하다.

이론상은 쉽고 간단해 보이지만 여기에는 고려해야 할 변수가 더 있다. 조직도 유기체처럼 조직 안팎의 변화를 수시로 점검하고 적절한 조치를 취하면서 살아남아야 하고, 개인도 시시각각으로 변하는 자신의 욕망과 조직의 목표 간에 조율하며 지내야 한다. 직장에 들어갔다고 해서 끝이 아니다. 입사하고 우리가 대면하게 될 직장 내 조직의 현실은 복잡다단하다. 복잡한 사안을 다룰 때 무턱대고 덤벼드는 게 능사가 아니다. 시간이 좀 걸리더라도 차근차근 살펴보고 핵심 원리를 파악해 보는 게, 돌아가는 것 같지만 사실 지름길이다.

매핑mapping에 대한 개념이 일 근육에 탑재된 건 광고장이 생활을 하면서다. 광고 대행사에서 내 역할은 기획자였다. 광고 기획, AEAccount Executive는 창작-매체-경영 부서 등 거의 모든 부서와 연관되다 보니 누구와도 잘 지내는 게 중요하다. 수시로 아무 때나 연락해 필요한 것을 요청하고 받아 낼 줄 알아야 한다. 쏟아지는 질문을 잘 받아칠 줄도 알아야 돼서 매개 역할을 하는 기획자는 모르는 게 없어야 한다.

광고주를 만나는 건 주로 기획자가 담당한다. 농담처럼 광고주는 대행사에게 신God적인 존재다. 광고주와의 스케줄이 먼저라 무슨 일이 언제 어떻게 생길지 모르니 돌발적인 미팅이 잡혀도 그러려니 하게 된다. 광고주를 만나 협의한 내용을 카피라이터와 광고 제작 피디에게 잘 전달해야 하는데, 단순하게 '전달'만 해서는 안 된다. 사실fact을 전달하되 광고 캠페인을 이끌고 가는 기획의 관점perspective에서 이야기해야 한다.

브리핑을 하기 전에 준비도 많이 해야 한다. 회의에 들어가면 예상했던 질문 말고도 우리에게 광고를 맡기 전 이전 광고 캠페인에 대한 반응은 어땠는지, 우리가 회의를 통해서 가지고 간 광고 콘셉트를 마음에 안 들어 하는 이유는 무엇인지, 수정을 원한다면 어떤 방향인지 등등 예상하지 못한 질문이 쏟아진다.

막중한 책임이 있는 매개자로서의 역할은 심적 부담이 클 수밖에 없다. 실수 안 하려다가 더 긴장해서 실수하고, 잘해 보려 하려다가 말할 타이밍 놓치고, 혼나는 게 일상다반사가 되다 보니 말을 더 안 하게 되고, 말을 안 하다 하려니 말은 더 꼬이게 된다. 주눅 들어 다니는 모습을 보신 상무님이 "우리 임 선수는 대기만성형이니 힘내라"라고 하셨다.

응원의 메시지라고 주신 건 알겠는데, 이걸 액면 그대로 받아들이기는 힘들었다. '내가 제 몫을 못 하고 있다는 걸 저렇게 돌려 말씀하시고 계시는구나. 난 부족하고 여기에 안 맞는구나' 생각하고 더 의기소침해졌다. 초보 때 혼나는 게 당연한 건데 누군가 조금이라도 서운한 소리를 하면 울기부터 했다. 진짜 일터에서 울기 싫었는데 어느 순간 울고 있었다. 속상한 데 잘해 낼 방법은 모르겠고, 잘되라고 하는 소리인데 걸핏하면 울기나 하고 대책 없는 직원이었다. 오죽하면 사수가 그만 울면 좋겠다고 한 소리도 들었을 정도였다.

광고 대행사에서 나의 위치는 인턴이자 신입사원이었다. 신입이 하는 일이라는 게 혼나면서 익히고 배우는 건데 그때의 나는 좋게 말하면 책임감이 과했고, 회사에서 내 위치를 잘못 이해했다. 초보 사원은 조직의 정식 구성원이 되기에 앞서 훈련을 받는 사람 또는 그 과정을 겪는 사람일 뿐인데 스스로를 과대평가하고 혼자 오버한 것이다.

초보자에게 기대하는 건 약방에 감초 같은 역할이다. 브레인스토밍 과정에 필요한 발 빠른 리서치를 하고, 회의 다녀와서 기록을 잘해 두고, 그 정보를 구성원들에게 잘 공유하고, 복사기에 문제 생기면 능숙하게 고쳐 회의 시간에 필요한 자료를 배포하고, 대단한 일은 아니지만 꼭 필요한 일을 잘 해내면 그걸로 충분하다.

조직에 들어가면 여기가 어떤 회사이고, 구성원이 어떤 사람인지, 어떤 구조로 이루어져 있는지 교육을 받기는 하지만 초보 일꾼이 이 많은 정보를 자신의 것으로 만드는 데는 시간과 노력이 든다. 일 초보들은 숲을 보기 힘들다. 일에 필요한 기능도 아직 덜 익힌 데다 경험도 부족하니 나무고 숲이고 어찌 보겠는가! 성실한 초보가 숲도 보고 나무도 볼 줄 안다면 조직에서 두각을 안 드러낼 수가 없다. 앞이나 겨우 보이고, 옆은 물론 당연히 뒤도 안 보일 때지만 우선 할 일은 내가 조직에서 어떤 위치인지 파악하고 분위기를 익혀야 한다. 운동을 하면 근육이 생기듯 일도 할수록 일 근육이 발달한다. 기죽지 말고, 쫄지 말고, 꾸준히 탐색하다 보면 오감을 넘어 '센스'가 장착된 일 근육도 자연스레 붙게 된다.

복잡할수록 단순하게

회사 대표님으로부터 호출이 있었다. 맡고 있는 팀에 급한 일도 없고, 딱히 잘못한 것도 없는데 왜 부르시는 걸까 생각하며 대표실로 들어갔다. 대표님은 "임 팀장, 소식 들었지? 아무래도 임 팀장이 그 팀도 같이 맡아야겠어"라고 하셨다. 설마 했는데 역시였다. 이상한 예감은 틀린 적이 없다. 신기하다. 몸에 화재경보기라도 달린 것처럼 본능적으로 위기가 오면 직감하는 것 같다.

회사에 비상 상황이 생겼으니 지금 팀에 한 팀 더해서 총두 팀을 다 맡아서 하라는 말씀이셨다. 임시적인 조치일지 이후에도 계속될지는 일단 끝나고 보자 하셨다. 현재 맡고 있는 팀의 일도 많은데 개최가 얼마 안 남은 국제 행사까지 준비하라 하시니 당황했지만 그 자리에서 대답을 바로 드리지는 않고 생각할 시간을 달라고 말씀드리고 나왔다.

대표님의 긴급 호출의 배경은 이러했다. 회사에서 중요하게 생각하는 국제 행사를 맡고 있던 팀의 팀장이 행사를 두세 달인가 앞두고 사표를 낸 것이다. 그 행사는 참가비를 내고 한국에 자비를 들여 비행기 타고 찾아오는 외국의 공연 전문가들이 500여 명이 참여하는 행사였다. 임직원 전체가 총력을 기울이는 회사의 대표 행사였는데 말이다. 외부에서 신규 인력을 채용해 팀장으로 충원하기에는 시간이 빠듯한 상황이었다. 전체 상황을 조율해야 하는 팀장이 갑자기 빠지게 되어 해당하는 팀의 사정이 딱하게 되었다고 생각은 하고 있었지만 설마 그 일 때문에 나를 부르셨다고는 짐작도 못 했다.

내 앞에 놓은 선택지는 두 개였다. 제안을 받을 것인가 말 것인가? 대표님의 공식적인 업무 지시는 아니고 '생각해 보라'고 하셨으니 선택의 여지가 있기는 했다. 공식적인 지시였으면 인사 발령이든 해서 통보하셨을 테니 말이다. 그렇다고 회사에서, 그것도 대표님이 부르셔서 '생각'해 보라고 해서 정말 '생각'만 해서는 안 된다는 게 사회생활의 암묵적 규칙이다.

팀과 업무가 바뀌는 것도 아니었고, 성격이 다른 두 팀의 업무를 한 사람이 동시에 맡아야 하는 일이었다. 그렇다고 두 배로 일한다고 월급이 두 배로 늘어나는 것도 아니다. 일 더 한다고 돈을 더 주지도 않는다! 설사 돈을 더 받는다 해도 굳이 두 몫의 일을 해내고 싶지는 않았다. 사안이 심각하니 오래 기다리게 하실 수는 없고, 어떤 선택을 해야 할지 생각해봤다.

철학이라기에는 거창하지만, 사건이나 대상을 바라볼 때 기준으로 삼는 저마다의 가치Value가 있다. 기준이 있으면 관점이 생기고 비교하고 선택하기 용이해진다. 복잡해 보이는 현상이지만 최대로 쪼개고 쪼개어 들여다보면 충돌되는 두세 개의 가치가 있다. 그 가치 중에서 내가 어떤 것을 선택할 것인가에 따라 가야 할 방향이 달라진다. 방향이 다르면 가는 길이 다르고 문제를 해결하는 방법도 달라진다. 이 상황에서는 어떤 가치를 적용해야 할까?

지시는 아니었으니 제안을 받지 않겠다고 말씀드려도 된다. 안 받겠다고 하면 별로 고민할 필요도 없다. 제안을 놓고 좋지 않은 점은 무한정 늘어놓을 수 있지만 모자라고 부족한 점 말고 선택했을 때 얻을 수 있는 것이 무엇인지 생각해 보려고 했다. 이런 문제는 실리보다는 명분을 따져 보는 게 필요하다 판단했다.

일단 회사가 위기인 긴박한 상황에서 문제 해결의 적임자로 고려되었다는 건 긍정적이었다. '좋기는 한데, 근데 왜 하필 나야?'라는 생각이 먼저 들었고, 다음으로 왠지 하면 잘할 수 있을 것이라는 알 수 없는 자신감이 들었다. 논리적 근거가 있거나 한 건 아니고 그냥 직관이었다. 감당할 만큼의 위기가 인간을 괴롭힌다고 생각하는 편이라 그랬던 것도 같다. 내가 감당할 만한 사이즈라는 판단을 했던 것 같다.

일을 더 한다고 당장 월급을 더 받을 수는 없겠지만 나중에 있을 인사 고과에 유리하게 적용될 것이고 무엇보다 겸직의 경험은 아무나 할 수 있는 게 아니었다. 무엇보다 여러 동료와 어려운 문제를 같이 풀어나가면 나에게도, 동료들에게도 의미 있는 경험이 쌓이게 될 좋은 기회 같았다. 만들어 내는 과정에서 참여하는 사람들이 즐겁고 좋으면 일의 결과가 안 좋을 리가 없다는 것도 직접 확인해 보고 싶었다.

생각하고 보니 굳이 안 받을 이유가 없었다. 제안을 일단 받기로 하고, 다음으로는 문제를 해결하기에 유리하도록 판을 짜는 게 중요하다는 생각이 들었다. 생각을 정리하고 대표님을 찾아가 "하겠습니다. 그런데 큰 성과를 내는 것은 기대하지 않으시면 좋겠습니다. 상황이 워낙 긴박하고 준비 시간이 부족해 무사히 끝내는 데 의의를 두겠습니다. 그래도 괜찮으시다면 겸직하겠습니다"라고 말씀드렸다.

조직과 나의 이해관계가 충돌할 때는 회사에서 내게 제안한 상황을 받지 않으면 아무 일도 일어나지 않을 수도 있다. 어쩌면 그 거절이 언젠가는 부당하게 불이익으로 돌아올 수도 있다. 하지만 상황을 수긍하고 내게 유리하게 판을 짜서 바꾸는 방법도 있었다. 어떻게 헤쳐 나갈지는 각자의 선택과 가치관에 달려있다. 겸직 팀장이 되고 나서, 셀 수 없이 많은 회의와 시시각각 결정의 압박을 받으며 행사를 준비해 갔다. 팀을 새로 맡으면서 가장 먼저 한 일은 새 팀원들과의 일대일 면담이었다. 처리해야 할 일은 많았지만 중요한 건 팀 분위기를 정비하는 일이라는 생각부터 했다. 바쁠수록 돌아가라고 하지 않았나. 기본에 충실해야 할 것 같았다.

면담을 하면서 우리가 처한 변화된 상황을 설명하고 팀장으로서 목표를 설명하고, 개인별로 달성해 줬으면 하는 과제를 제시해 주었다. 그리고 회사 내에서 이번 행사를 통해 하고 싶은 일과 개인적으로 당신이 추구하는 목표가 무엇인지 서로 확인했다. 회사에서의 삶이 전부가 아니고 회사는 개인 삶의 일부에 불과하니 개인 삶을 놓치지 말라 했다.

회사와 인생에서의 하고 싶은 일을 구별하고 두 가지 트랙에서 잘 성장해 가는 것이 장기적으로는 둘 다 잘 해낼 수 있는 힘이 생긴다고 봤다. 월요일 아침에는 주말 동안 어떤 재미난 일을 했는지 팀원들에게 일부러 물어보기도 했다. 생활과 일의 밸런스Balance가 생기면 어느 하나가 부족해도 다른 하나가 채워 준다고 봤기 때문이다.

이는 나의 개인적인 밥벌이 철학에서 기인한 것도 있고, 여기 이곳이 커리어의 마지막이 아닐 수도 있다는 것을 늘 염두에 뒀으면 하고, 바랐던 것도 있다. 본격 행사 전까지 구성원 개인의 역량을 최대한 끌어올릴 수 있도록 코칭을 진행하였다. 구성원 각자 스스로 목표를 설정하고 일을 추진할 수 있는 단계까지 가도록 팀장으로서 최대한 백업을 해 주었던 거다. 이 단계가 지나면 다음부터는 팀원들은 알아서 잘하는 단계가 왔다. 그 뒤부터는 나는 큰 그림을 그리는 데 주력하고 팀원들이 최대한 일에 집중할 수 있게 하고 일 말고 다른 일에는 신경 쓰지 않도록 했다.

일을 하다 보면 정작 해야 할 일보다 일 진행에 딱히 필요 없는 불필요한 일이 치고 들어온다. 쓸데없는 일에 에너지가 쓰이지 않게 막아 주고, 늦게까지 회사에 있지 않고 일찍 퇴근 했다. 경험상 상사는 필요할 때만 옆에 있으면 좋다. 눈에서 안 보이는 게 훨씬 마음이 편하고 일에 집중하기 쉽다는 걸 안다. 제때 퇴근하는 팀장이 되기 위해 근무 시간에 최대한 집중해서 일하고 그래도 일이 남으면 더 일찍 출근해서 처리했다. 호칭

중에서 '팀장'이 익숙하고 편한 건 오래 불리기도 했고, 역할에 익숙해지도록 나 역시도 훈련도 많이 해서다.

위기 상황이라 그랬는지, 모두가 똘똘 뭉쳐 팀워크가 생각보다 빨리 형성되었고 원래 일하던 팀 대여섯 명, 그리고 새 팀열 명에 행사 기술 담당 인력에, 자원봉사자들까지 함께 지지고 볶으며 못 올라갈 것 같던 산을 무사히 넘었다. 대표님과 약속했던 대로 문제없이 끝났다. 기대에 못 미친다는 평가도 있었지만 준비하는 사람들이 즐겁게 행사를 즐겼다는 것만으로도 내 기준에서는 성공적이었다. 그거면 충분했다.

문제가 복잡하고 어려워 보일수록 단순하게 생각해야 한다. 최대한 단순화시켜 핵심을 공략해야 한다. 마음과 몸을 비우면 머리는 총명해지고 몸은 날렵해진다. 그럼 무서울 게 없다. '내가 어떤 식으로 행동해야 현명하게 처신하는 일일까? 여기서 얻을 수 있는 현실적인 이익이나 가치가 무엇인가?' 등의 물음에 답하다 보면 솔루션이 찾아진다. 하다 보면 답이 보인다. 아무 일도 안 하면 아무 일도 안 일어난다.

보이는 게 다가 아닙니다

새로운 직장에서 첫날 첫 아침에는 부서마다 돌면서 인사를 한다. 첫인상이 좋게 남도록 처음으로 인사를 할 때면 상대를 보며 최대한 밝게 웃는다. 웃으며 인사를 나누며 얼굴을 익히는 흔한 장면이지만 서로에 대해 조용히 탐색전을 펼치는 장면이기도 하다. 나랑 맞는 사람일지 아닐지, 곁에 두면 이익이 될지 피해를 볼지 등을 점쳐 보는 것이다. 첫인상으로 주파수가 맞을지 예상은 가능하지만 섣부른 판단은 금물이다. 겪어 보기 전에는 모른다.

대충 인사를 마치고 자리에 앉아 업무 파악을 위해 쌓인 자료를 본다. 업무 파악해 보라고 건네받은 자료 중에는 '인수인계서'라는 것이 있다. 전임자가 작성하고 부서 책임자가 확인을 한 공식 문서로 앞으로 해야 할 일이 나열되어 있다. 인수인계서로 꼭 알아내야 하는 것은 내 업무에서 핵심이 무엇인지와 누구와 긴밀하게 연락해야 하는지를 파악하는 데 있다.

전임자의 업무 스타일이나 업무 사고 체계에 따라 정렬된 전임자 PC의 업무 파일은 미로와 같아서 단숨에 파악하기 힘들다. 입구도 출구도 찾기 힘들고 단숨에 전체를 파악하는 건 불가능하다. 제품을 사면 사용법이 소개된 매뉴얼이 있기는 하지만 그걸 한번 읽는다고 제품에 대해 상세히 알지 못한다. 차차 업무를 해 가면서 알아 가면 되고 내가 맡은 업무에 어떤 키워드가 있는지 파악하는 것만으로도 충분하다.

인수인계서를 봐도, 전임자의 업무 파일을 찾아봐도 무슨 일인지 감이 안 오는 업무가 있다. 이때부터 본인의 내공과 실력이 드러나고 다져지기 시작한다. 경력직으로 입사한 이상 더 순발력 있게 길을 찾아가야 한다. 문서상 보이지는 않지만 존재하고 있는 업무를 찾아내야 한다. 학교가 아니니 학습은 알아서 한다. '해외 출장'이라고 고작 한 줄 적혀 있지만 이 업무는 수많은 암묵지가 총동원돼야 완수할 수 있다.

중앙 부처에서 일할 때 '해외 출장'에서의 내 역할은 한국을 대표해 참석하는 고위 관료의 출장을 지원하는 일이었다. 출장 계획 수립, 각종 예약 및 등록, 회의 참석 준비, 현지 면담 준비, 결재 등 행정 처리, 결과 보고, 사전 사후 언론 홍보 등 담당 사무관하고 주무관이 한 조가 되어 업무를 처리하게 되는데, 국외 출장은 최소 2개월 전에는 준비에 들어간다.

중앙 부처 고위 관료가 최소 2~3일 동안 자리를 비우는 만큼 출장을 가야 하는 명분이 분명해야 한다. 이전에 참석 선례나 회의의 중요도, 다른 나라의 참석자 등급 등 요소를 고려하여 참석할 대상을 결정한다. 국제기구와 현지에 나가 있는 우리 기관으로부터 필요한 지식과 정보를 제공받는다. 한국 대표로 참석하는 수석대표는 한국을 대표해 주요 이슈에 대한 한국의 입장을 설명하고, 주최 측으로부터 요청되는 역할(축사나 한국 사례 소개 등)을 수행하게 된다.

회의 전후로 필요한 기관이나 다른 나라 수석대표와 면담, 현지 언론과의 인터뷰, 현지 주요 행사 참석 등의 공식 일정이 있다. 출장지에 도착해 한국 정부의 입장이나 참석을 필요로 하는 곳이면 참석의 필요성 등 여러 사항을 고려해 참석한다. 개인으로서가 아니라 한국을 대표하는 자격으로 일정에 임하기 때문에 현지에서의 사소한 일정 하나에도 신중을 기할 수밖에 없다. 현지에서 누구를 만나고 어디를 가서 무엇을 이야기할 것인가에 대한 정무적이고 전략적인 판단이 필요한 일이다.

높아진 한국의 위상에 걸맞게 회의에서 다양한 이슈에 대한 우리의 입장이나 정책 사례 등에 대한 관심이 높아 치밀한 사전 준비가 필요하다. 주제에 따라 현지 기관들의 협조도 받아야 하고 국내 관련 기관으로부터 최신 동향에 대한 설명과 함께 자료를 받아 학습해야 한다. 관광, 에너지, 환경, 개발, 마케팅, 지속 가능성 등 주제도 광범위하다.

읽어야 할 자료 중에서 수석대표가 회의에 발언하기 적합한 내용을 선별해 내 가면서 우리의 입장이나 의견이 들어간 발언 문을 작성한다. 회의 시 발언문, 축사, 기념사, 토론 시 예상 의제에 관한 답변, 언론 인터뷰, 인사 면담 시 발언문 등 일정 별로 필요한 내용을 출장 가기 전에 미리 작성한다. 답변의 적합성과 타당성 등을 검토하고 단계별로 보고하고 수정하고 보고하고 수정하고 등의 언제 끝이 날지 모를 자료 제작 과정을 거친다. 한국을 대표해 발언하는 만큼 단어 선택을 매우 조심 스럽게 할 수밖에 없다. 상대에게 섣부른 기대를 주는 과시적 워딩wording은 자제해야 한다.

민간인이 아닌 정부 관료의 출장인 만큼 거쳐야 할 정부 대표 임명 요청 등 사전에 마쳐야 할 행정 절차도 많다. 사전 준비를 철저히 했어도 현지에서 많은 돌발 상황이 생긴다. 예정했던 인사와의 면담이 갑자기 취소되거나 우리가 준비한 답변에 대해 전혀 예상치 못한 상대의 답변이나 반응이 나오면 순발력 있게 현지에서 우리 측 관계 기관들과 협의해 우리의 입장을 정리해 대응해야 한다. 출장이 종료될 때까지 일어날 모든 변수를 예측하기는 힘들다.

출장 일정도 업무 수행에 필요한 최소의 기간으로 잡은 데다 시간대별로 빽빽하게 짜 있는 일정을 수행하고 숙소로 돌아오면 이미 몸이 천근만근이다. 손가락 하나 움직이기 싫지만 일이 끝이 아니다. 오늘 있었던 진행 상황을 한국에 보고하고, 필요한 경우 현지에서 보고서를 작성해 보내기도 한다. 무사히 출장을 다녀와도 출장 후속 조치 등 해야 할 일이 끝이 없다.

고작 두 글자의 '출장'에 사전 준비, 현지 진행, 사후 보고 등의 과정으로 이루어져 있는 걸 알고 나서는 이 업무는 되도록 피하고 싶어진다. 원래 하던 일은 하던 일대로 하고 출장 다녀온 후 뒷일도 정리해야 하고, 출장에서 나만 돌아오길 바라면서 그대로 기다리고 있는 출장 전 내 업무가 그대로 쌓여 있으니 죽을 맛이다. 일이라는 게 수많은 과정과 단계로 쪼개져 있으니 대비해야 할 상황도 그만큼 많다. 절대 눈에 보이는 게 다가 아니다. 이전에 좀 해 봤던 일이라고 방심하다가 큰일난다. 익숙하겠지만 상황이 달라졌다. 상황을 편견 없이 보고 지금 여기에 맞춰서 대비해야 한다. 눈에 보이는 것들도, 눈에 보이지 않는 것들도 잘 받아 내려면 유연해지는 수밖에 없다.

명분과 실리, 그 사이 어디엔가

김훈 작가의 소설을 원작으로 하여 만든 '남한산성'이라는 영화가 있다. 조선 후기 병자호란 때의 이야기지만 오늘을 사는 우리에게 여전히 많은 생각할 거리를 주는 작품이다. 청의 대군이 공격해 오자 무능한 임금과 대신들은 남한산성으로 피란을 간다. 이조판서 최명길(배우 이병헌)은 치욕스럽지만 청나라와의 화친을 도모해 백성을 먼저 살리고 나서 다음 살길을 도모하자는 실리를 내세운다.

이에 반해 예조판서 김상헌(배우 김윤석)은 적에 결사 항전을 주장하며 청과 끝까지 맞서 싸우자는 대의명분을 주장한다. 그 길을 택해 응전해 보지만 절대적 약세로 적을 물리치지 못하고, 뒤늦게 청과 협상을 시도한다. 그러다 결국엔 우리 임금이 머리를 조아리며 굴욕적으로 항복하고, 임금의 두 아들은 볼모가 되어 청에 보내지는 것으로 영화는 끝이 난다.

두 주인공이 영화 내내 대립하는 명분과 실리의 문제는 국가의 운명을 가르는 문제와 같은 거대 담론에만 적용되는 게 아니다. 일개 개인에게도, 조직에도 적용된다. 둘 중에 무엇을 선택할 것인가의 문제라기보다는 오히려 인생에서 어느 것을 지향하며 살아갈 것인가의 가치나 스피릿spirit과 관련된 문제인데, 이 스피릿이라는 게 단순치가 않다.

문화 예술 분야 조직에서는 사람이 고유의 자산이라 수장이 어떤 사람이냐에 따라 영향을 많이 받는다. 팀의 팀장만 바뀌어도 팀의 분위기가 달라지는데, 하물며 대표가 달라지니 대표가 어떤 비전과 철학을 가지느냐에 따라 조직의 모습이 많이 바뀔 수밖에 없다. 임기가 끝난 대표가 조직을 떠나고 새로운 대표가 조직에 올 때마다 조직은 적응하느라 바쁘고 구성원들도 한동안 덩달아 출렁댄다.

새로운 사람이 등장하면 조직에 묘한 활력이 생긴다. 능력 있고 일 잘한다고 평가받던 사람도, 그렇지 못한 사람도 새로운 사람의 마음과 취향에 맞춰 행동하도록 노력한다. 굳이 맞출 필요는 없지만 조직에서 거슬리면 피곤한 일이 더 많아지는 게 사실이다. 출근 시간에 항상 늦던 사람도 제때 출근을 하고 아무렇게나 입고 출근했던 사람도 전과 다르게 말끔한 모습으로 나타난다.

대내외적으로 대표의 역할이지만 대표도 계약직이라 이전에 해 보지 않은 시도를 통해 존재감을 증명하고 주목할 만한 성과를 내고 싶어 한다. 비전 실현을 위해 다양한 조치가 시행되고 이전에는 없던 지시도 하게 된다. 모두가 만족하는 지시는 없다. 조치에 대해 의견이 갈리고 토론과 논의의 과정을 거쳐도 결론을 못 내게 되는 경우도 있다. 대표의 지시가 바뀌지 않는 이상 구성원은 이를 대체로 수용하며 조직은 안정세에 접어들지만 늘 그런 건 아니다.

거부는 갈등이 되고, 갈등이 조정 국면에 들어서다가도 안되면 파국으로 치닫는 일도 있다. 의견 대립을 넘어 치열한 갈등 상황이 벌어진 일이 있었다. 대치 상황이 주는 불편함을 견디다 못해 뭐라도 해 보자는 생각에 나섰지만 순진한 행동이었다. 내가 생각하는 이 갈등의 본질은 명분의 차이에서 비롯되었으니 가운데서 서로를 이해시키다 보면 잘 해결될 거라고 생각해서 조정자 역할을 자처했다. 그렇지만 결과는 내 예상과 다르게 마무리되었다.

동료들이 한꺼번에 회사를 떠났다. 떠난 자리에는 조직에 있던 다른 사람들로 채워졌다. 남겨진 사람들은 새 판에서 각자의 이익을 찾느라 바빴다. 조직이 규모가 작아 빈약하고 엉성한 동아리 같다고 조직을 대수롭지 않게 생각했으나 여기도 밀림 속 정글이고 치열한 생존 전투가 벌어지는 곳이었다.

어차피 무엇을 해도 벌어질 일은 벌어졌겠지만 중간에서 오지랖 부리며 조율하고자 했던 내 노력이 누군가를 떠나게 하는 데 일조한 것 같아 나 자신을 책망했다. 한쪽에서는 배신자, 변절자가 되고, 한쪽에서는 기회주의자가 돼 버렸다. 써도 그만 안 써도 그만일 에너지를 쓸데없이 낭비한 셈이었다. 속이 너덜너덜해졌다. 잃은 건 많고 얻은 건 스스로에 대한 자책과 깊은 심적 내상이었다.

프리랜서라면 절대 겪지 않아도 될 일이었다. 프리랜서는 계약된 일을 잘해서 성과만 내면 되고, 조직에 무슨 일이 생기거나 말거나 굳이 관심을 둘 필요가 없다. 프리랜서에게 기대하는 덕목이 아니다. 문제를 단순하게 보고 해결해 보겠다고 미숙하게 접근했던 이 이야기에서 얻은 교훈은 조직에서 무슨 상황이든 만만하게 보아서는 안 되고, 넋 놓고 지내서는 안 된다는 것이다. 각자의 스피릿에 맞춰 전력 질주하는 사람들과의 생존 전투에서 살아남으려면 그 이상의 스피릿과 입장이 정립되어 있어야 했다.

치열한 힘 겨루기가 늘 있는 곳이 조직이고, 어떤 행동이 하나의 의도에서만 일어나지는 않는다는 사실도 깨달았다. 명분이냐 실리냐 단순하게 판단해서는 안 되고, 둘이 서로 연결되기도 하고, 그 안에서 여러 층위가 교차하고 있다는 걸 알게 되었다. 그 시절의 나를 박쥐 같은 처세를 한 사람으로 떠올리는 사람도 있다. '그렇게까지' 했지만 얻은 건 없었다.

사람은 자기가 필요한 대로 이해하고 행동한다. 나도 마찬가지다. 그 시절 나에 대한 어떤 평가든 이제는 받아들일 수 있게 되었다. 물론 극복하는 데는 꽤 오랜 시간이 필요했다. 앞날이 궁금할 때 재미 삼아 타로점을 보는데, 그때 들은 이야기는 큰 위로가 되었다. 시간을 많이 흘려보내기도 했지만 힘이 되는 말을 들으니 마음이 차분해졌다. 누구의 잘못도 아니고, 그저 상황이 그래서 벌어졌던 일이었다. 그게 다였다.

"당신의 지난 한 해는 진흙 비가 내리는 한 해였어요.
많은 비가 쏟아져 내려도 힘든데 진흙 비가 내리니
온 세상이 진흙으로 덮이는 거죠. 이제 진흙 비는 그쳤어요.
수고 많았어요."

다시 그 상황으로 돌아가면 어떻게 행동했을까 생각해 볼 때가 있는데 솔직히 잘 모르겠다.

앞에 쉽게 나서지 않을 것 같고, 상황이 정리되기를 차분히 기다리면서 내 할 일만 했을 것 같기도 하다. 어쩌면 난관을 해결하고자 하는 의지가 발현되면서 거기에서 명분을 또 찾고 오지랖을 부렸을 것도 같다. 명분이 어떻고 실리가 어떻고 했을 수도 있다. 그러나 사람이나 상황에는 눈에 보이지 않는 수많은 층위가 있고, 한마디로 설명하기 어려운 복잡다단한 스피릿으로 얽히고설켜 있는 걸 알았으니 섣불리 나서지는 않을 것 같다. 아마도.

궁하면 통한다

대학생 때 미국에서 대학 수업을 참관했던 적이 있다. 학부 학생들과 어학연수 과정에 있는 외국인 학생들을 모아 놓고 몇 가지 실험을 하면서 소통에 대해 이해하는 수업이었다.

두 사람을 무대 가운데 불러서 등을 마주 대고 바닥에 앉게 한다. 두 사람 앞에는 형형색색의 레고 블록이 놓여 있다. 한 사람이 다른 사람에게 자기가 어떻게 블록을 사용해 집을 지을 것인지 설명한다. 한 사람은 자기가 설명한 대로, 한 사람은 설명을 들은 대로 집을 짓는다. 두 사람이 집을 다 짓고 나면 비교해 보는 실험이었다.

미국인-외국인 학생, 미국인-미국인 학생 조합은 영어로, 외국인-외국인 학생 조합은 두 외국인 학생의 모국어로 설명하게 했다. 세 조합 중 서로 비슷하게 집을 지은 조합은 어디였을까?

결과는 놀랍게도 같은 언어를 쓰는 조합이 아니었다. 예상과 다르게 미국인-외국인 학생 조였다! 같은 언어를 쓴다고 소통이 더 잘되는 것이 아니었다. 언어나 성별, 국적, 연령 등은 소통 과정에서 부차적 요인일 수 있다는 것을 보여 주는 흥미로운 실험이었다. 소통에서 언어보다 중요한 것은 상대방과 무엇을 이야기할지 분명하게 아는 것이라는 것을 알게 한 수업이었다.

그때의 교훈은, 영어 숙련자도 아닌 내가 국제 교류 분야에서 오랜 시간 일할 수 있었던 자신감의 근원이 되었다. 국제 문화 예술 교류. 근사해 보이는 단어들이 모여 있는 조합으로 비행 기를 타고 국경을 넘어 다른 나라에 가서 공연을 하고 전시를 하고 현지인들과 작품과 예술 철학에 대해 이야기 나누는 게 멋져 보이고 팬시fancy해 보이기까지 한다.

하지만 우리가 만든 작품을 볼 관객이 우리 국민에서 외국인 으로 달라졌을 뿐 작품을 만드는 과정은 더 복잡하다. 문화와 공연 제작 환경이 다른 나라로 이동하는 데만도 비용이 많이 든다. 언어와 문화가 다른 현지 관객에도, 협력하게 될 기관(극 장이나 미술관, 갤러리 등)의 마음에 들어야 한다. 선보이는 상품이 문화 예술이라 소프트soft해 보이지만 결국 문화 예술 작품도 상품이다. 시장에서는 좋은 상품이어야만 팔린다.

국제 문화 교류 역시 냉정한 시장의 논리가 통용되는 분야다. 경제적인 이익이든 정서적인 이익이든 공급자도 수요자도 서로 밑지지 않아야 거래가 성사된다. 국제 문화 교류에서 일한다는 건, 시스템이 전혀 다른 곳에 가서 가방을 꺼내 콘텐츠를 사고팔고, 그다음 다시 가방을 싸고 국경을 넘나들며 또 콘텐츠를 사고파는 유목민의 삶과 같다.

국제 문화 교류 관련 수업을 학생들에게 가르칠 때 가장 강조하는 건 교류를 성사시켜야 할 분명한 이유와 필요성이 본인도 상대에게도 설득되어야 한다는 사실이다. 왜 어렵고 힘든 이 거래를 하러 다른 나라까지 가야 하는가에 대한 충분한 내적 설득이 되어야 한다. 외국어를 잘하고 못하고는 부차적인 문제다. 외국어를 능숙하게 하지 못한다고 쭈뼛거릴 필요 없다. 소통하고 싶은 이유가 분명히 있고, 다른 것과 확실하게 차별화되고 독창적인 우리 작품만의 포인트가 있다면 어쭙잖은 외국어 실력이어도 상대에게 잘 전달된다.

한국과 핀란드의 현대 무용 전문가들 간 협력 사업을 장려하기 위해 양국 전문가들의 리서치 교류를 지원하는 사업을 한 적이 있다. 한국과 핀란드의 무용수 및 기획자가 상대 국가에 가서 상대방 공연 예술계의 여러 현장을 둘러보고, 같이 만들고 싶은 작품이나 프로젝트에 대한 창작 아이디어를 찾게 도와주는 사업이었다. 창작에 필요한 현지의 조력자를 만날 수 있도록 다방면에서 도움을 주는 것이다.

전문가들이 리서치 기간 동안 가장 많이 하는 일이 자기소개다. 나는 어떤 사람이고 어떤 작업에 관심 있는지, 앞으로 어떤 작업을 하고 싶은지를 설명하는 프레젠테이션이다. 교류할 때 공식 언어는 영어였다. 참가자들이 국제 교류에 익숙한 분들이시기도 하고, 자신을 소개할 준비를 미리 주문해 뒀어도 낯선 사람들에게 자신을 모국어가 아닌 외국어로 소개하는 일은 어렵고 난감한 일이다. 나를 소개하면서 매력을 드러내는 일이니 언어만의 문제는 아니다.

우리 참가자 중 한 분이 발표를 마치고서 그의 작업에 관심이 있는 핀란드의 참가자로부터 질문이 쏟아졌다. 그는 차분히 설명을 이어 갔다. 그 뒤 질문을 다시 받아 답을 했는데 부연 설명이 필요한 분위기였다. 그가 질문에 대답할 준비를 하는 동안 지켜보고 있던 핀란드 현지 협력 기관의 담당자가 옆에 있던 내게 귓속말로 "저분이 말하려는 내용이 이런 거야?"라고 물어봤고, 그녀에게 웃으면서 "그렇다"고 답해 줬다. 그러자 그녀는 전체 참가자들에게 지금 한 질문들에 대해서는 본인이 잘 대답해 줄 수 있을 것 같다면서 질문을 받은 한국 참가자에게 자신이 대답해도 되는지 양해를 구하고는 핀란드어로 핀란드 참가자들에게 설명을 해 주었다. 자신이 핀란드어로 설명하는 동안 그가 여유를 찾으면 좋을 것 같아 만든 그녀의 배려였다. 그녀의 넘치는 센스로 일어난 일이기도 했지만 마음이 통하면 말하지 않아도, 개떡같이 이야기해도 찰떡같이 알아듣는 상황이 연출될 수도 있다는 것을 목격한 신기했던 경험이었다.

한 번은 이런 일도 있었다. 국제 교류 초보자였던 예술가가 있었다. 제대로 해 보기로 마음을 먹고 통역을 도와줄 사람도 자비로 구해 아침부터 밤늦게까지 이어지는 행사에 빠짐없이 참석했다. 며칠째 이어지는 강행군으로 통역을 담당했던 사람을 일찍 퇴근시키고 혼자 사람들을 상대해야 하는 날이었다. 그날도 하루 종일 여러 교류 프로그램에 참여하고 마지막 교류 프로그램에 참석하게 된 것이다.

같은 분야에 종사하는 국내외 동료들을 오랜만에 만나 한껏 들뜬 사람들의 수다와 음악 소리로 소란스러운 행사장에서 그는 유럽의 축제 감독과 우연히 합석하게 되었다. 처음 만나는 그녀에게 자신의 작품을 소개하면서 그 사람만 들을 수 있게 나지막이 노래 몇 소절 불러 주었다 한다. 시끄러운 행사장에서 우리 민요 가락을 조용히 읊조리는 그의 모습은 꽤 낭만적이다!

전체 행사가 종료될 무렵, 그는 상기된 목소리로 기분 좋은 소식을 전해 주었다. 전달이 될까 싶었던 자신의 노래가 그녀의 마음에 들어 마침 그녀가 준비하고 있던 축제에 초청되었다고 했다. 구구절절한 백 마디 말이 필요 없었던 소통이 일어난 것이다. 자신들이 준비하는 행사에 그를 소개하고자 했던 외국의 예술 감독들이 한두 명이 아니었다. 불과 몇 년 전만 해도 국제 교류 왕초보였던 그는 현재 국내외로 사랑받는, 누구보다 바쁜 예술가가 되었다!

국제든 국내든 교류 과정에서 소통을 잘하려면 말보다 중요한 것은 자기만의 철학이 있어야 하고 거기에 맞는 독창적인 콘텐츠가 있어야 한다. 넘치는 매력이 있는 사람과는 누구나 함께 하고 싶어 한다. 게다가 눈높이에 맞춰 친절하게 자신을 보여 주는 데 어느 누가 감동을 안 받겠는가 말이다. 다른 대상에 호기심을 가지고 눈과 마음을 맞춰 보는 일이 소통이고 교류다. 진짜 좋은 건 구구절절 설명하지 않아도 안다. 좋은 건 그냥 좋다. 어설프면 부연 설명이 많아지는 법이다.

배워서 남 주기

돈을 받고 누군가를 가르쳐 본 건 고등학교 3학년 겨울방학 때가 처음이었다. 알고 있던 지식을 전달해 돈을 벌 수 있다는 게 색다르고 좋았다. 기억에 남는 중학교 1학년 남학생들이 있다. 그 둘은 또래보다 작고 초등학생 티가 좀 나는, '학생'이라기보다는 '애들'이라고 부르는 게 더 어울리는 아이들이었다. 공부에는 전혀 관심 없고, 학교 끝나고 제일 좋아하는 시간이 무작정 거리를 쏘다니는 거라는 귀여운 친구들이었다.

공부에 의지도 없고 무엇을 모르는지도 모르고 복잡해 보이는 것을 알고 싶지도 않은 학생들을 가르치는 일은 어렵다. 수업 진도보다 더 급한 일은 모르는 것을 찾아 나가는 학습의 과정이 게임보다는 못하지만 '재미도 있는 놀이'라고 인식하도록 하는 일이었다. 그러나 공부는 아이들에게 '놀이'가 되질 못했다. 공부와 책을 멀리하면 할수록 행복한 아이들이었다. 공부에 흥미가 생기지도 않고 성적도 전혀 미동 없었고 아쉽지만 귀염둥이 제자들하고는 금방 이별하게 되었다.

가르치는 일에 대해서 진지하게 고민하게 된 건 교수님으로 불리면서다. 회사를 몇 년 다니고 나니 지금 하고 있는 일들을 잘 정리해 보고 싶었다. 몸으로 부딪쳐 가며 실무를 처리하고는 있지만 체계적인 공부에 대한 갈증이 있었다. 효과적인 학습 방법 중 하나가 배우고 알게 된 것을 다른 사람에게 말로 전달하는 과정을 반복하는 일이었다. 실무에서 익힌 것을 체계적으로 내 것으로 만들 수 있는 기회가 바로 강의였다.

마침 일하고 있던 분야의 이론과 현장을 함께 소개할 강좌를 개설할 계획이 있으니 해 볼 생각이 있냐는 감사한 제안을 받게 되었다. 먼저 하고 보는 성격이라 어떤 어려움이 있을지에 대한 큰 고민 없이 하겠다고 했다. 회사에서의 업무의 양을 보면 현실적으로 결정하기 힘든 상황이었으나 직관적으로 판단하고 행동했다. 어제보다 오늘 조금이라도 더 나은 내가 될 수 있다면 주저할 이유가 없었다. 내 앞에 온 기회는 우선 잡고 잘 키워 보는 게 좋다.

수업을 맡기로 하고 그때부터 교육의 의미에 대해 생각하게 되었다. '가르친다는 것'은 지식이나 기능, 이치 따위를 깨닫게 하거나 익히게 하는 것으로 이것 역시 소통 행위다. 소통해야 할 대상이 있고, 전달해야 할 내용이 있었다. 한 학기 동안 만나야 할 대상은 대학원생에, 문화 정책이나 예술 경영을 공부해 온 학생들이 주요 대상이 될 것이었다.

야간 대학원이라 취업 준비생일 수도 있고, 일한 지 얼마 안 된 초보일 수도 있고, 재교육을 위한 베테랑일 수도 있다. 학생들은 이 분야를 이해하기 위한 기본 개념들과 용어들을 익히기를 원할 것이고, 현업에서 일하면서 만난 해결해 보고 싶은 과제를 풀어 보고 싶어 올 수도 있다. 무엇보다 내 강의를 들으러 온 가장 큰 이유는 필드에서 일한 선배라서 해 줄 수 있는 이야기를 듣고 싶어서였을 것이다. 내 강의의 셀링 포인트Selling Point였다.

공부는 원래 스스로 하는 것이지만 혼자 공부하며 지식을 얻을 수 있는 채널들은 셀 수 없이 많아졌다. 코로나19로 온라인을 통한 지식과 경험을 공유하는 플랫폼이 더욱 가속화되고 활성화되고 있다. 달달 외우는 교육은 더 이상 필요 없다. 앞으로 더 필요하고 중요한 건 파편화된 수많은 지식과 현상들 속에서 나만의 관점으로 해석해 내는 힘이라는 생각이 들었다.

강의를 들은 학생들이 기본 원리를 배우고 원리들을 적용해 보는 훈련을 해 보는 게 좋을 것 같았다. 첫 강의인데다 덩달아 내 공부도 제대로 해 볼 욕심에 야심 차게 준비한 강의 계획안을 보내 놓고 강의실에 나타날 학생들이 어떤 사람이고 얼마나 될지 기대가 컸다. 그러나 첫 강의라 의욕이 앞섰는지 강의 내용이 과해 보였는지 수강 신청한 학생이 겨우 네 명이었다. 강의를 시작도 못 할 뻔했다.

다행히 폐강은 되지 않았고, 그 네 명의 학생들은 일당백의 학생이었다. 명색이 국제 교류 관련 수업이니 영어로 된 원서 한 권쯤은 같이 읽고, 국내외 주요 기관을 케이스 스터디하고, 최근 이슈에 대해 토론하는 것이 15주 동안 내가 준비한 수업 내용이었다. 빡빡해 보이는 수업임에도 불구하고 수강 신청한 학생들이라 그런지 열의가 대단했다. 지각도, 결석도 하지 않는 훌륭한 수강생들이었다. 배우는 데 진지한 학생들이다 보니 수업 준비를 절대 대충 하면 안 되었다.

강의 자료를 만들고 원서와 관련 참고 자료를 찾아 읽고 다시 정리하고 강의 준비하는 게 시간이 꽤 많이 걸렸다. 처음 맡게 된 강의라 참고할 강의 자료도 없고 수업 목표가 원대해서 강연자인 나부터도 준비해야 할 게 산더미였다. 가는 날이 장날이라고 강의하게 될 때 회사 일이 그나마 좀 수월할 거라고 예상했다. 일과 강의를 병행해도 괜찮을 거라 생각했는데 웬걸, 일이 더 많아졌다. 퇴근하고 수업에 늦지 않게 가려고 학교에 정신없이 갈 때마다 덜컥 맡겠다고 한 과거의 나를 원망한 적도 많았다.

세 시간 동안 말하려고 준비해 갔지만 말하다 보면 강의 시간 절반도 안 되어 강의 밑천이 드러났다. 황당하고 당혹스러운 순간을 몇 번 겪고 나서는 강의하려고 했던 양의 적어도 두 배 이상을 준비해 가야 안심이 되었다. 24시간이 늘 모자란 15주였다. 학생마다 관심사가 다르고 이해의 정도가 다르니 질문이 어디에서 어디로 튈지도 알 수 없었다. 수업 내용도 현장에 관한 이야기를 다루다 보니 나 역시도 빠르게 변하는 현실을 이해하기 위해 공부를 안 할 수가 없었다. 일하고 출장 다녀오고 강의 준비하고 강의하고 강의 다녀와 반성하고 하다 보니 한 학기가 갔다.

그 뒤로도 익숙해졌다 생각해서 들어오는 강의를 거절하지 않고 맡았지만 단 한 번도 이 정도면 충분하다고 생각한 적이 없다. 회사에서야 다 같이 모여 일하더라도 회사 동료 누군가가 빈 구석을 채워 주기도 하고 선배지만 잘 몰라도 적당히 뒤에 숨을 수도 있다. 하지만 강의실에서는 달랐다. 내가 가진 지식과 실력이 고스란히 드러나는 곳으로 피할 데가 없었다.

다행스럽게도 호기심과 관심이 많은 후배이자 학생들이 좀 부족하고 서툴러도 애정 어리게 선생님을 봐 주었다. 강의 평가 중 수업을 통해 이 분야에 대해 더 알고 싶어졌고 자기만의 관점을 갖게 되어 좋았다는 말이 특히 마음에 들었다. 가르치는 일은 배워서 남 주는 일이면서도 부족한 나 자신과 만나 나를 뒤돌아보는 일이기도 했다. 내 역할은 그저 가이드였다. '강의자'가 아닌, '안내자'이자 '촉진자'였다. 배우고 익혀서 이 분야에 관심을 갖고, 여기에 입문하게 하고, 스스로 해석하고 찾아보는 즐거움을 알게 하는 것만으로 충분했다.

동상이몽, 아니 팀장이몽?

'완장'이란 드라마가 있었다. 조용한 시골 마을에 별로 특별할 것 없는 남자가 있었다. 차라리 평범하면 좋았을 텐데, 술만 먹으면 동네를 떠들썩하게 만드는 그런 사람이었다. 큰 말썽이나 안 부리면 다행이라 여겨졌던 남자에게 6.25 전쟁은 본인을 함부로 대했던 사람들에게 위세를 부릴 절호의 기회를 만들어 주었다. 권력을 휘두를 수 있는 책임이 주어졌고, 팔에 완장이 채워졌다. 완장은 그에게 힘이고 권력이었다.

그는 완장을 지키기 위해서라면 무슨 짓이든 했고 무소불위의 권력을 휘둘러 댔다. 결국 그는 자신이 휘둘렀던 권력의 칼이 부메랑이 되어 돌아와 비참하게 생을 마감하게 된다.

어릴 때 본 짧은 단편 드라마였는데도 권력을 가지면 지게 될 무게감이나 권력이나 욕망의 허망함에 대해 생각하게 한 드라마로 기억에 남는다.

밥벌이를 시작하고 처음으로 '장툥'이라는 걸 맡게 된 건 대학로의 공연장에서 일할 때였다. 조직이 규모가 좀 되면 관리자가 되기 위한 교육 프로그램이 실무자에게 제공되었겠지만 영세한 업계에서는 필요한 것들을 도제식으로 어깨너머로 배우고 익혀야 했다. 내가 맡은 역할은 마케팅팀의 팀장이었다.

팀원은 고작 두 명이었지만 처음 팀장을 맡고서 가장 먼저 한 일은 팀장 되기에 필요한 실무가 담긴 책을 사서 봤다. 알고 싶은 게 있으면 책부터 찾아보는 스타일인데, 리더십에 관한 이론서부터 팀장의 덕목을 담은 자기계발서까지 가리지 않고 봤다. 그렇게 해서 본 책 중에 한두 권 정도는 사무실에 가져와서 꽂아 두고 수시로 꺼내 봤다. 그중 가장 유용했던 건 팀장을 위한 매뉴얼이었다. 팀장이 겪을 수 있는 다양한 사례를 소개하고, 어떻게 행동해야 하는지 소개하는 내용이었다.

읽고 기억에 남는 내용 중 하나가 '팀장은 팀원에게 자기가 알고 있는 걸 모두 공유해서는 안 된다는 것'이었다. 그게 공적이든 사적이든 상관없이 말이다. 팀원들과 허심탄회하게 속내를 털어놓는 행동이 서로를 신뢰하게 만들고 끈끈함을 높인다고 생각하기 쉽다. 하지만 팀원 입장에서는 팀장이 왜 자신에게 고민을 털어놓는지 그 의도를 알아내는 것도 본인의 업무로 인식된다고 한다. 설사 팀장은 팀원이 자신의 고민을 해결해 줄 것이라는 기대가 없었어도 듣는 팀원은 팀장의 고민을 해결해 주기 위해 자신이 좀 더 노력해야 하는 것이 아닌가 생각한다는 것이었다. 동상이몽이었다.

팀장에 대한 인간적 이해를 강요하는 데 심적 부담을 느낄 수도 있다는 것이었다. 아무렇지도 않게 내뱉는 말이라도 다르게 해석될 여지가 많으니 신중하라는 메시지였다. 솔직함이 능사가 아니다. 팀장으로서 조직에서 부담해야 할 책임의 종류와 무게감이 다르다는 것을 잊어서는 안 된다는 것도 말해 주었다. 회사는 일하러 오는 곳이지, 친구를 사귀러 오는 것이 아닌데 자꾸 잊게 된다는 의미였다. 쉽게 할 수 있는 착각이고 오해였다.

조직 내 역할에 따라 기대하는 리더십도 다르다. 팀장은 자원을 효과적으로 운용해 팀의 성과를 만들면 될 역할이나, 팀장 이상으로 올라가면 그때 보여 줘야 할 리더십은 또 다르다. 그때는 옆도 봐야 하고, 위도 봐야 하고, 밖도 봐야 한다. 좋은 리더는 리더가 속한 단위에서 조직이 기대하는 성과를 내도록 구성원들을 적절하게 독려하는 사람이다. '적절하게는'라는 말에서 짐작할 수 있듯 리더 개인의 역량이나 개성 혹은 가치나 철학에 따라 모습이 달라진다는 것을 의미한다. '어떤 적절'을 만들어 낼지는 리더의 역할을 맡은 사람이 풀어야 한다.

여러 조직에서 팀장의 역할을 수행했지만 내가 구현하고자 했던 리더십이 다 통한 건 아니었다. 우리 팀에서 튕겨져 나간 구성원도 있고, 팀 분위기와 섞이지 않고 막무가내인 경우도 있었다. 나만의 모델을 만들어 보기도 하고 그래도 안 되면 포기도 했다. 나 자신도 내 맘대로 통제가 안 되는데 다른 사람을 틀 안에 넣고 원하는 방향으로 이끌고 간다는 것 자체가 힘든 일이다. 다 큰 어른을 어떻게 내 맘대로 하겠나.

조직이 원하는 성과를 내고자 한다면 구성원의 영혼을 갈아 넣고 압박하는 일이 가장 손쉽다. '완장'의 주인공처럼 피도 눈물도 없이 힘으로 밀어붙이는 리더가 조직에 더 많다. 힘으로 누르는 게 제일 간단하다. 공감 능력이 높으면 인력을 관리하는 데 쓸데없이 더디기 쉽다. 구성원 하나하나를 배려해서는 속도가 나기 어렵다. 오직 목표를 향해서만 앞만 보고 가야 하는 게 아닌가 하고 생각이 들 때도 많다. 실력도 있으면서 인간적인 매력이 있는 리더는 자주 보기 힘들다.

아주 드물지만 좋은 리더이자 좋은 어른은 분명 있다. 중앙 부처 공무원으로 일할 때 제일 좋았던 점은 그런 국장님을 모시고 일해 봤다는 것이었다! 가까이서 보고 배운 점이 너무 많았다. 절대 서두르시는 법이 없고 화를 내신 걸 본 적이 없다. 복잡하게 꼬여 버린 상황에서 어디서부터 손대야 할지 모를 때 실무자를 다그치거나 하지 않고 문제를 해결할 포인트를 일러 주어 스스로 찾아가게 만드셨다. 온화하신 분이 평소보다 나직하게 말씀을 하셔서 긴장하고 대비하게 하셨다. 조용하지만 말에 권위가 있었다. 더 긴장했고, 잘해야겠다는 생각이 절로 들었다.

좋은 어른이신 국장님과의 일화는 차고 넘친다. 당시 나는 우리나라를 대표해서 행사에 참석하고 축사나 기념사를 해 달라는 요청을 종종 받았다. 축사를 할 상사를 모시고 가기 전에 상사가 하실 말씀을 잘 정리하는 게 내 일이었다. 행사에서 스피치speech는 짧을수록 좋지만 짧다고 해서 대충 아무 의미 없는 말을 쏟아 내면 안 된다. 고작 몇 분의 시간이지만 양국의 인연, 현재 우리의 주요 정책, 오늘 이 자리가 갖는 의의 그리고 앞으로의 기대를 담아 친숙하면서도 재미있는 연설이 되어야 한다. 두세 장 분량이지만 찾아서 읽어야 할 자료도 많고 쓰는 데도 시간이 오래 걸린다(시간이 많으면 원고를 더 잘 써 볼 수도 있겠지만 이 일 말고도 할 일이 너무 많아서 그게 문제다).

존경하는 분께서 공식 석상에서 하실 말씀이시니 신경 써서 원고를 만들어 가지고 갔다. 보고를 받으시고는 중요한 사실

관계에 대한 사항만 체크하시더니 "임 사무관이 축사를 잘 써 줘서 고칠 게 없네"라고 격려해 주셨다. 모자란 점이 왜 없겠는 가! 하지만 국장님은 그런 분이셨다. 실무자가 최선을 다해서 알아서 일을 하도록 하시는. 윗분들에게 보고드려야 할 때도 국장님께서는 일부러 데리고 가서 실무자 입장에서 한마디라도 하게 하셨다. 국장님이 윗분께 보고 드리는 모습을 직접 보면 서도 배우고 나 역시도 간략하게 보고 잘하는 훈련을 받는 생 생한 교육의 현장이었다.

국장님이 다른 곳으로 떠나시게 되면서 환송하는 시간이 찾아 왔다. 다른 동료들도 나만큼 에피소드가 많았는지 한 마디씩 돌아가며 인사를 드리는 데 시간이 오래 걸렸다. 다들 많은 걸 배웠다고 진심으로 감사의 마음을 전했다. 내 차례가 되었고, 그때 이렇게 말했다.

"제 인생 목표는 좋은 어른이 되는 것입니다.
그냥 어른 말고 좋은 어른.
어른은 누구에게나 매일 찾아 있지만,
국장님은 인생에서 잊지 못할 좋은 어른이십니다.
그간 정말 감사했고 많이 배웠습니다."

내 장래희망은 그냥 어른 말고 좋은 어른이 되는 것이었는데

113

섭지 않다고 생각했다. 그런데 그걸 직접 확인하게 될 줄 몰랐다. 그냥 어른은 세월이 흐르면 저절로 된다. 노력이 필요 없다. 그러나 나이가 들어 신체적으로 노쇠해지면서 정신도 무뎌진다. 의식적으로 노력하지 않으면 염치와 예의가 없어지기 쉽다. 좋은 어른이 되려면 부단한 노력이 필요한 이유다. 끊임없이 노력해야 좋은 어른이 될 수 있다.

돌이냐, 꽃이냐

즐겨보던 방송 다큐 프로그램 중에 '달라졌어요' 시리즈가 있다. '아이가 달라졌어요', '부부가 달라졌어요', '선생님이 달라졌어요'까지 후속 프로그램이 계속해서 만들어졌을 정도로 반응이 좋았다. 달라지고 싶은 혹은 달라져야 할 대상의 가족들이 신청하기도 하고 대상이 직접 신청한 경우도 있다. 방송은 관찰 카메라로 대상을 일정 기간 촬영한 영상을 스튜디오에서 같이 보면서 솔루션을 찾는 형식으로 진행되었다.

영상을 보기 전에 관찰 대상에게 "어렵거나 힘든 점 없으신 가요?"라고 물으면 거의 대부분 "그러게요. 특별히 '문제'라고 생각되는 문제는 없었습니다"라고 답한다. 나오라고 해서 출연하긴 했지만 배심원처럼 앉아 있는 전문가들이 불편하다는 기색을 숨기지 않는다. 그런데 막상 준비된 관찰 영상을 보면 주인공들은 '내가 저럴 리가 없는데. 왜 저러고 있지?'라는 표정이 되면서 당혹스러워한다.

상대와 의견 대립이 있을 때도 차분하고 이성적으로 반응했다 생각했는데 막상 화면 속의 나는 상황을 회피하거나 상대에게 과도하게 공격성을 보이고 있는 것이다. 그러다 별일도 아닌데 감정이 폭발하면서 상대를 무섭게 다그치는 모습이 어릴 적 자신의 부모가 보였던 행동과 별반 다를 게 없다는 걸 직접 확인 하게 되면 주인공의 눈물샘은 터지고 가족들에게 진심으로 사과를 한다.

흥미로운 건 같이 출연한 가족들의 반응이다. 가해자라고만 단정하고 원망했던 내 가족이 어린 시절 누군가의 감정 배설의 피해자였다는 걸 확인하고는 상대를 이해하고 연민을 갖기 시작한다. 그나 그녀도 지금 자신이 그런 것처럼 어린 시절의 상처를 달래는 방법을 잘 몰라 상처를 점점 키워 왔다는 걸 알게 되는 것이다. 상대의 숨겨 왔던 고통을 눈으로 확인하게 되면서 좁혀지지 않을 것 같던 관계의 빈틈이 메워지게 된다.

방송을 보고 나면 '태어나면서부터 나쁜 사람은 없구나'라는 생각을 하게 된다. 자라면서 누구와 어떻게 관계를 맺고 자아를 건강하게 형성하는 것이 중요하다는 것도 깨닫게 된다. 애착 관계가 있는 대상으로부터 존중받지 못하면 누구나 언제든지 자아가 뒤틀릴 수 있었다. 충분한 애정과 사랑을 받고 자라면 좋겠지만 모두 다 그럴 수 없다. 내가 원하는 가족의 모습만 골라서 태어날 수 없지 않나.

다양한 직장에서 일하면서 정말 수많은 사람을 만났다. 그러다 누군가의 비틀어진 내면을 볼 때마다 이 프로그램을 떠올려 봤다. '달라졌어요 시리즈에 나가면 딱 맞는 주인공인데' 하고 혼자 생각해 보는 것이다. 이 사람도 처음부터 나쁜 사람은 아니었을 텐데, 어린 시절을 비롯한 어느 시점에 그나 그녀의 어떤 면이 깊은 상처를 입어 왜곡이 되었나 하고 호기심을 갖고 관찰하게 된다. 그렇게 다른 사람을 들여다보면 아이러니하게도 어느 순간엔가는 관찰 대상이 상대가 아닌 나 자신으로 바뀐다. '저 사람은 저게 문제인데, 그러면 나는 지금 잘하고 있나?' 하는 생각으로 자연스럽게 이어지는 것이다.

그들은 나에게는 타산지석他山之石 같은 존재였다. 다른 산에 있는 하찮은 돌이지만 나의 옥을 가는 데 쓰일 수 있는 좋은 숫돌. 살면서 누구나 수집하고 있는 타산지석이 있는데 단연 기억나는 존재가 있다. '그 사람' 하면 떠오르는 건 '뒤통수'다.

직장인이라면 가장 출근하기 싫은 요일이면서 회의도 많은 날이 월요일이다. 월요일 아침은 누구에게나 힘들다. 모두가 힘든 아침인데 그 '뒤통수'는 월요일 아침마다 화가 잔뜩 나 있었다. 누구라도 사무실 내 높아진 긴장감을 낮춰 볼 법도 한데 아무도 옆에 안 갔다. 괜히 갔다가 그 사람의 화를 고스란히 받고 올 수도 있기 때문이다.

일은 해야 하니 누군가 조심스럽게 다가가 불러 봐도 컴퓨터 화면만 응시한 채 뒤도 돌아보지 않고 "무슨 일이죠?"라고 퉁명스럽게 대답했다. 화가 가득한 뒤통수에 대고 말하기 싫지만 일을 해야 하니 이야길 시작한다. 그렇지만 애초부터 들을 생각이 없으니 모니터만 응시한 채 기껏 용기 내 자리까지 찾아간 사람 무안하게 면박부터 준다. "잘 좀 해 오세요"라고 짧게 한마디 하고는 여전히 모니터만 응시했다.

뒤통수에 대고 가서 말을 하고 온 사람은 한 사람이지만 사무실에 앉아 있는 사람들 모두가 같이 혼난 느낌이었다. 무표정한 앞모습에 늘 화가 난 뒤통수를 하고 있으니 매사 마음에 드는 일이 없고 상황이 늘 억울했다. 자라면서 본인도 어쩌지 못할 트라우마가 생겨 저러겠거니, 하고 이해해 보려다가도 뒤통수에 대고 말을 이어 가는 상황이 계속 되면 '연민은 무슨!'이라는 생각과 함께 '누굴 탓할 것도 없고 다 당신의 업보다'라는 생각이 들었다.

일하다 보면 주머니에 돌이 쌓인다. 동료들을 성공을 위한 발판쯤으로 생각하는 돌, 사람에 대한 기본적 신뢰가 없는 돌, 사람들은 무능하고 게을러서 빨래처럼 쥐어짜야 그나마 원하는 게 나온다고 믿는 돌, 본인이 언제나 정답인 돌, 내 편에게는 한없이 너그럽지만 쓸모가 없어지면 가혹해지는 돌, 매사 늘 억울한 돌까지 타산지석은 종류도 다양하다.

그런데 잊지 말아야 할 것은 나도 누군가에게는 묵직한 돌덩이일 수 있다는 사실이다. 주머니는 나만 가지고 있는 게 아니다. 다른 사람들과 일하다 보면 상대로부터 어떤 긴장감이 느껴질 때가 있는데 그럴 때 멈춰야 한다. 그 긴장감은 상대가 갖는 경계심에서 비롯되었을 것이다.

나로 인해 경계심과 긴장감이 들고 있는지 찬찬히 살펴볼 필요가 있다. '나는 어떤 사람이야'라고 규정짓고, 그대로 행동한다 생각하지만 다른 사람이 실제로 인식하는 나는 내 예상과 크게 다를 수 있다. 자만하면 안 된다. 내가 지금 누군가의 주머니 속에 돌덩이가 되고 있지는 않은지 살펴볼 일이다. 돌덩이가 언젠가는 쓸 데가 생길지도 모르지만 상대에게 돌보다는 아름다운 꽃이 되어 보는 게 좋지 않을까?

3

기왕 하는
밥벌이라면

기술의 비약적인 발전으로 인간이 불멸의 삶을 살게 될 날도 그리 멀지 않은 것 같다. 영화나 소설 속에 등장하는 미래 사회에서나 봄 직한 기상천외한 물건들이 먼 미래도 아니고 우리가 지금 살고 있는 현재에서 흔히 볼 수 있게 되었다. 인간의 상상대로 인류의 현실이 펼쳐지고 있는 것이다. 하지만 인간은 상상이 현실화되는 속도를 못 따라잡고 있고, 갑자기 늘어난 여분의 삶에 대비한 준비를 채 하지 못 하고 있다. 인간의 바람이 해피엔드로 났으면 좋겠지만 다행일지 불행일지 가늠이 어렵다.

제도가 기술의 변화나 사회 변화의 속도를 따라가지 못하는 것도 마찬가지다. 극단적으로 말하면 오늘 배우는 지식이 모레쯤이면 무용지물이 될 수도 있는 것이다. 고교 졸업생의 65%가 현재에는 없는 직업을 갖게 된다는데, 이쯤 되면 밥벌이에 대해 정의를 새롭게 내리지 않으면 안 될 것 같다. 이른 은퇴를 할 생각이 아니라면 늘어난 수명만큼 밥벌이를 오래 잘할 방법을 모색해 내는 수밖에 없다.

일에 휘둘리고 싶지 않고, 일을 내 삶 안으로 주체적으로 끌어안는 방법은 없을까? 밥벌이에 쿨하고 당당한 사람이고 싶은데, 뭐부터 해야 할까?

재미없는 일도 재미있게

조직의 위기가 수습되고서 회사 전반적으로 구조와 인사 변동이 있었다. 구성원으로 일하던 나도 새로운 팀의 '팀장'으로 발령이 났다. 이 회사 들어와서 첫 승진이었다. 승진해서 팀장으로 갔으니 기분이 좋을 법도 하지만 그렇지 않았다. 그간 해 왔던 일도 아니고 처음 해 보는 일이라 마음이 내키는 인사 명령은 아니었지만 짐을 싸서 자리를 바로 옮겼다.

회사원은 위에서 하라면 그냥 해야 한다. 처음 업무를 맡게 되었을 때는 조직 내에서 중심이 아닌 변방으로 밀려난 느낌을 받았다. 인사 발령 전에 개인의 의사나 희망을 묻기도 하지만 물어보고 나서 원하는 대로 되는 건 잘 못 봤다. 차라리 묻지나 말고 그냥 보내지, 왜 물어봐서 희망 고문을 하는 건가 하는 생각이 들 때도 많았다. 구성원의 의지보다 중요한 건 조직의 효율적인 유지 관리다.

사업 부서가 아니라 지원 부서인데다 정적인 업무여서 금방 싫증 내고 지루해하리라 생각했다. 맡았던 업무가 주로 문화 예술 전문가들을 위한 전문 온라인 매체를 발행하는 일이었다. 정보를 다루는 부서라 널려 있는 게 자료였고 취재원으로 만나야 할 전문가도 많았다. 호기심 많고 일목요연하게 정리하길 좋아하는 내게 숨은 매력이 많은 부서였다. 부서에 대한 첫인상과 많이 달랐다. 게다가 이전 사업 부서에서 했던 경험을 활용해 볼 여지도 많았다. 의외였다.

매체를 발행하다 보니 공연 예술 분야 기획자들에게 지원했던 것처럼 큐레이터에 대한 지원 정책이 필요하고 사업 요구가 있다는 것을 알게 되었다. 신규 사업으로 추진해 봐도 좋을 아이템이었다. 도전해 볼 충분한 이유가 있었다. 무엇보다 사업 담당자가 눈을 반짝거리고 열의가 넘치는 것을 보니 어떻게 해서든지 예산을 따 내서 판을 짜고 재미있게 만들어 내고 싶었다. 오랜만에 발견한 챌린징한 미션이었다. 사서 고생이지만 잘하면 즐거움이 두 배로 커질 것 같았다.

일을 추진하기 위해서는 돈이 필요한데, 공공 기관이라 돈을 직접 벌어야 할 필요는 없었지만 돈이 필요한 명분을 갖추어서 예산을 만들어야 했다. 돈을 버는 곳이 아니라 잘 쓰면 되었다. 공공 기관에서는 주관 부처로부터 예산을 받아 사업을 진행하게 되는데, 정부로부터 받은 돈으로 쓰는 목적이 분명해야 한다. 국가 또는 지방 공공 단체가 해야 할 일을 기관이 대신 하기 위해 내려보내는 돈이기 때문에 엄격한 예산 통제를 받는다.

부처로부터 예산을 받아 내야 해서 호시탐탐 말할 기회를 노리고 있었다. 그런데 어느 날 생각지도 않게 기회가 찾아왔다. 업무 회의를 하러 갔다가 부처에서 우리 사업을 담당하는 주무관이, 우리나라 시각 예술 작품의 국제 교류나 진출을 확대하기 위한 사업을 준비하고 있는데 좋은 아이디어 없냐고 지나가듯이 물었다. 아마도 담당자는 상사로부터 신규 사업 발굴에 대한 압박을 받고 있거나 해서, 별 뜻 없이 뭐라도 좀 도움 되는 게 나올까 싶어 질문했을 거다.

좋은 기회였다. 괜찮은 아이템을 마련해 설득해 내면 우리가 원하는 예산을 받아 낼 수 있었다. 생각만 있지, 정교하게 계획을 다듬지는 않고 있었지만 말이 나온 그때부터 잘 준비하면 될 일이었다. 마치 오늘이 있을 걸 예상하기라도 한 것처럼 "그거, 저희가 잘할 수 있어요" 하고 냉큼 답했다. 담당자는 큰 기대 안 하는 눈치였지만 일단 가져와 보라는 답을 받아 냈다.

　그날부터 담당자와 함께 회의하고 리서치를 해 가며 사업 계획서를 만들어 나갔다. 시키지 않은 자발적인 딴짓을 할 때는 왜 그리 시간이 금방 가는지 모르겠다. 준비해 간 사업 계획서가 마음에 들었는지 예산 규모를 더 키운 계획안을 가져와 보라는 두 번째 반응을 얻었다. 소박하게 천만 원 단위의 사업 계획안을 가지고 갔는데 이번에는 억대 사업 계획안 제출을 주문받은 것이다! 예산을 주겠다고 한 것도 아니고, 내 개인 돈 되는 것도 아닌데 예산을 몇 배로 불려 사업할 생각을 하니 신이 났다.

　정작 회사에서는 우리가 제안했다고 하는 사업에 별 관심이 없었다. 예산 규모가 처음에 워낙 작기도 했고, 될지 안 될지도 모르는 일에 진심인 우리를 보고 의아하게들 생각했다. 괜한 짓 하고 있구나, 생각하셨던 것 같다. 회사에서 주목받고 있었으면 부담 느껴서 편하게 못 했을 수 있는데, 관심 밖이니 눈치 안 보고 내키는 대로 할 수 있었던 것 같다. 예산 규모를 더 확대해서 만든 자료를 들고 다시 또 찾아갔다.

　보고를 마치고 주무관과 사무관의 반응을 기다렸다. 그런데 우리의 설명을 듣고는 "아이디어가 좋기는 한데 여러분의 회사가

이 분야 경험이 부족해서, 아쉽지만 사업 수행자로 다른 기관을 염두에 두고 있다"라고 하셨다. 김칫국도 이런 김칫국이 없었다. 우리끼리는 '우리에게 줄 건데 우리가 그릴 그림을 자세히 보고 싶어 부른 것이다'라고 짐작하고 간 건데, 전혀 예상 밖이었다.

안 된 것으로 알고 포기하고 있었다. 좋은 경험을 했다고 생각하고 말았다. 우리 회사가 담기에는 큰 그림이라는데, 정작 회사에서 관심도 없는 일인데다 팀 차원에서 해결할 수 있는 사안이 아니었다. 그런데 어느 날, 예산을 주려고 하니 실무 협의를 위해 만나자 했다고 보고를 받았다. 헛짓으로만 생각했는데 덜컥 우리의 신규 사업이 되어 버린 것이다.

담당자가 너무 하고 싶었던 사업이었고, 부처로부터 예산을 따내서 현실화시킨 것이다. 누가 봐도 분야를 많이 알고 애정이 깊은 사람만이 쓸 수 있는 정성이 가득 들어간 사업 계획서였다. 사업 계획서에 드러난 그 열정과 태도가 우리에게 사업을 주기로 한 데 결정적 영향을 끼쳤다고 자부한다.

하는 사람이 즐거우니 일은 저절로 되게 되어 있었다. 몰입해서 일을 하는 데 일이 안 될 리가 없었다. 물론 일하면서 어려움은 늘 겪는다. 문제를 어떻게 풀어 나갈지는 일을 해

나가는 사람들의 몫이다. 사업을 해야만 하는 합당한 이유와 사업을 잘 해내고 싶은 열정, 그리고 사업 추진을 위한 충분한 명분이 있는데 안 될 수가 없었다.

사업을 다 끝내고, 어느 날 담당 사무관이 저녁을 같이하자고 연락을 주셨다. 당시만 해도 우리에 대해 반신반의하며 설명을 듣던 그분이었는데, '고생 많았고 잘했다'라고 칭찬을 해 주시니 정말 뿌듯했다. 회사 들어가서 처음으로 부처에 직접 제안해서 없던 사업을 새롭게 만들어 낸 사례였던 데다가 큐레이터들에게서도 꼭 필요했었다는 평가를 받은 사업이었다. 담당자와 재미있어 보려고 시작했던 일인데, 좋은 씨앗이 되어 회사의 핵심 사업으로 자리 잡게 된 것이다.

일이 되게 하는 데 운과 상황도 중요하지만, 일하는 사람이 즐겁고 보람된 마음만큼 결정적으로 작용하는 것은 없다. 일은 결국 사람이 하는 것이니까. 재미있으면 힘든 길도 지치지 않고 오래갈 수 있다. 일은 원래 재미없다. 안 그래도 재미없는 일을 재미없게 하고 있으면 더 죽을 맛이다. 출근하는 길이 그렇게 고통스러울 수 없다. 즐겁자고 일하는 것은 아니지만 일을 '함께', '즐겁게' 하는 것은 얼마든지 가능하다. 재미있게 지내볼 방법을 찾으려고 노력해 보자. 찾으려고 노력하는 태도를 갖게 되는 것만으로 이미 재미의 반은 찾은 거나 다름없다.

불편함의 반전미

우리에게는 소설 『향수』로 잘 알려진 파트리크 쥐스킨트의 단편 중에 「깊이에의 강요」라는 작품이 있다. 짧은 글이지만 메시지는 강렬하다. 평론가로부터 그림에서 재능도 보이고 마음에도 남지만 깊이가 아직 부족하다는 평론을 듣게 된 화가는 그날부터 자신의 작품에서 깊이를 구현하기 위해 번민한다. 그러다 삶은 피폐해지고 결국엔 죽음을 택하게 된다. '왜 나는 깊이가 없을까?'라는 생각이 그녀를 집어삼켜 버린 것이다.

정작 그녀의 죽음 후 깊이가 없다고 평했던 평론가는 그녀의 그림에서 작품에 대한 열정과 그리고 '깊이에의 강요'를 느낄 수 있다는 평을 남긴다. 무심하게 던진 한마디가 얼마나 치명적일 수 있는지를 극적으로 보여 주는 작품이다.

사람은 세상과 만나면서 변화해 간다. 변화는 다른 사람의 행동에서 비롯될 수도 있고, 말로 인해 일어날 수도 있다. 사람마다 민감하게 여기는 자극이 다른데, 나 같은 경우는 다른 사람이 내게 한 말이다. 단어의 의미에 민감하고 예민한 편인 내게 다른 사람이 던진 한마디는 쉽게 잘 잊히지 않는다. 특히나 성장기에 들었던 말들은 쉽게 잊히지도 않고, 마음속 깊이 어딘가에 각인되어 있다.

누구나 기대했거나 듣기에 기분 좋은 말을 들으면 잘 받아들이지만, 잊지 못하는 경우는 대체로 예상하지 못했거나 듣고 싶어 하지 않는 말이다. 지금이야 나이도 들고 경험도 쌓여서 말의 뜻을 거를 줄 아는 요령과 여유가 생겼다. 상대가 애정을 담아 하는 말인지, 별 뜻 없이 하는 빈말인지도 구별하게 되었다. 상대에게 하는 말인 듯 보이지만 말하는 화자話者가 스스로에게 건네는 말도 있다는 것도 알게 되었다.

중학교 때 담임 선생님이 '인간관계가 잘될 수 있도록 많이 지도해 주세요'라고 성적표에 써 주셨던 게 기억난다. 무난한 학교생활을 한다고 생각했는데 뜻밖의 평을 받고서 난감했다. '인간관계가 원만하지 않구나', '무엇을 잘못했지?' 하면서 써 주신 말을 계속 되뇌었다. '아, 그렇게 볼 수도 있구나'라고 생각하거나 여쭤 봐서 궁금함을 풀어 볼 수도 있었을 텐데, 혼자 마음에 담아 두기만 했다. 나는 남에게 부끄러운 걸 들키는 게 싫고, 힘든 일이 생기면 도움을 청하지 못하는 사람이었다. 어릴 때부터 섬세한 사람이었다.

나를 불편하게 했던 이런 말도 있었다. '무슨 일이든지 잘하는 것은 좋지만 어느 한 가지를 뛰어나게 할 수 있도록 지도 바랍니다.' 이 말은 또 무엇인가. 무엇이든 잘하는 듯 보이지만 특별히 잘하는 건 없었나 보다. 무난한데 특별한 게 없다는 건 슬픈 일이었다. '지금 잘하고 있습니다. 앞으로 더 잘하도록 한 가지에 집중할 수 있도록 해 주세요'라는 의미였던 것 같은데, '지금 잘하고 있다'는 뜻은 전혀 들어오지 않았다.

어린 마음에, 눈에 띄는 특별한 재능이 없는 사람인 것 같아서 속상했다. 평범하기보다는 특별한 존재이고 싶었던 것 같다. 내게도 아직은 보이질 않지만 숨겨진 재능이 많은데 선생님이 못 알아보시는 것이라는 생각이 들어 서운한 마음이 들었다. 진지하게 고민하고 관찰하고 해 주신 말씀이었을 텐데, 깊은 뜻을 알기에는 너무 어렸다. 더 상처받기 싫어서 말속에 담긴 메시지를 읽으려고 하질 않았다. 행간을 해독할 여력이 없었다.

그렇게 마음에 걸리는 말들은 살면서 문득문득 떠올랐다. 생각지도 않게 누군가와 사이가 멀어지게 되면 '인간관계를 맺는 데 어려움이 있다더니 이걸 말씀하시는 건가' 떠올리게 되고, 특별하게 좋아하는 게 있어야 할 텐데 내게는 없다고 느껴질 때, 그때 선생님이 말씀하신 게 이 뜻인가 싶기도 했다. 뛰어나다는 건 몇 시간이고 집중해도 시간 가는 줄 모르는 걸 말하는 데 내 안을 아무리 들여다봐도 잘 찾아지질 않았다. 무난하고 무던한 나에게는 너무 풀기 어려운 문제였다.

일하면서는 '여기 오래 있을 사람이 아니고 곧 떠날 사람'이라는 말을 자주 들었다. 이 말 또한 내게 풀지 못하는 숙제였다. '왜 한곳에 진득하게 있지 못할까?'라는 질문은 일터를 옮길 때마다 했다. 한 직장에 오래 다니기보다 새롭게 도전할 기회가 생기면 마다하지 않고 미련 없이 떠나는 걸 내가 지향하는 밥벌이의 모습이라고 생각했으면서도 한편으로는 불안정하게 떠돌면서 사는 게 '정상적'이지 못하다는 생각도 많이 했다. 이도 저도 아니고 애매한 나의 정체성에 대한 고민도 많이 했다.

'진득하지 못하다'는 자기반성이 한번 시작되면 연쇄적으로 이게 다 내가 특별함이 없어서 생긴 문제라는 인식으로 이어졌다. 성찰 퍼레이드가 시작되면 '이 세상에 내가 존재해야 하는 이유는 과연 무엇일까?'라는 출구 없는 질문까지 하게 되었다. 그러다 보면 자존감이 급격히 낮아져 스스로를 비하하게 되거나 듣기에 서운한 말을 하는 상대방에 대해 공격적이면서 감정적으로 반응했다. "잘 알지도 못하면서 함부로 말한다"고 정색했다.

다른 사람의 말이 마음에 턱 하고 걸린다는 건 그 말이 신경 쓰이고 편치 않다는 뜻이다. 별로 개의치 않으면 남을 리가 없다. 누가 뭐라 해도 마음에 걸릴 게 없다면 얼마든지 흘려보낼 수 있다. 그런데 턱 하고 걸려서 머릿속이건 마음속이건 떠나지 않는다면 그건 아킬레스건이다. 마음의 숙제이자 극복의 대상.

다른 사람이 하는 말마다 마음에 남는다고 일일이 반응을 보이다가는 신경과민에 걸릴 거다. 우선 상대의 의도를 판단해야 한다. 선의를 가지고 시작한 말이라면 흔쾌하게 받아들이고, 무심하게 내뱉은 말이라면 상대가 그러했듯 별일 아니라는 듯 대꾸하면 될 일이다. 당장 무슨 의도인지 파악이 안 될 수도 있다. 질문한 상대는 답을 기다리는 것이 아니다. 그냥 그녀든 그든 자기가 하고 싶은 말을 했을 뿐이다. 중요한 건 상대가 아니니, 내가 이해되고 내 마음으로부터의 반응이 올 때까지 천천히 기다리자.

상대의 선한 의지를 받을 준비가 되었다면 그 다음에 어떻게 받을지는 내가 정한다. 아킬레스건임을 받아들이고 왜 이게 풀지 못하는 숙제로 남았는지 살펴봐야 한다. 아이러니하게도 다른 사람의 불편한 말들이 나의 성장에 필요한 좋은 소재가 된다. 본인만큼 본인을 잘 아는 사람은 없다고 생각하지만 인간은 얼마든지 스스로를 속일 수 있다. 그리고 알면서도 문제를 외면하고 못 본 척할 수도 있다.

불편한 말을 소화하기 위해 내가 택한 방법은 있는 그대로의 나를 받아들이는 일이었다. 인정할 건 인정해야 다음으로 넘어갈 수 있다. 나를 있는 그대로 받아들이는 데는 담대함이 필요하다. 인정하기는 싫지만, 인간관계 맺는 데 익숙하지 않고 뛰어나게 잘하는 게 없는 것도 나고, 진득함보다는 호기심이 더 강한 나도 나였다. 타인의 시선에 민감하고 다 잘하고 싶은 욕심쟁이도, 모범생도 나였다. 그냥 그게 나였다.

그리고는 "그래서 어쩔 건데?" 하는 배짱과 용기를 내면 된다 (물론 말이 쉽다. 생각은 그만하고 노력해 보자는 말이다!). 불편하고 듣기 싫은 말을 듣고 인정할 건 인정하고 나니 내가 보였다. 나는 뛰어나게 잘하는 건 없어도 해야 하는 일은 집중해서 근면 성실하게 했다. 특별한 재능은 없어도 성실함과 책임감 있는 태도가 나의 무기였다. 맡은 일을 책임감 있게 끝까지 완수해 내는 것이 나의 '능력'이었다.

타인의 평가는 말 그대로 타인의 하나의 '관점'일 뿐이다. 고려해 봄 직한 요소기는 하지만 절대적이지는 않다. 평가받는 걸 못 견디면 앞으로 나아갈 수 없다. 남들이 보는 시선 때문에 주눅 들어 제 갈 길 못 가는 건 안타까운 일이다. 타인의 평가에 의연했다면 과거의 내가 훨씬 편안하게 지낼 수도 있었을 텐데, 그러질 못했다. 불편함을 주는 말은 사람이 자신을 돌아보게 만드는 좋은 계기가 된다. 불편한 사람을 만나면 '나에게 새로운 숙제가 왔구나' 생각하고 기꺼이 맞아 주자. 불편함이 나를 키운다.

실수는 나의 힘

속담 중에 '백지장도 맞들면 낫다'는 말이 있다. 종이 한 장도 함께 들면 옮기기 쉬우니 혼자 하지 말고 여럿이 힘을 합하라는 뜻이다. 개인보다 공동체를 중시하는 사회적 분위기가 있다 보니 어렸을 때부터 협동의 미덕을 배우면서 자랐다. 가벼운 종이 한 장 드는 데도 둘이 들면 무게감이 반으로 줄면서 들기 편해지기는 하는데, 함께하는 일은 같이한다고 쉽게 가벼워지질 않는다. '이럴 거면 혼자 해 버리고 말지' 하는 생각이 들 때가 의외로 많다.

공연 프로듀서를 모시고 대학생을 대상으로 특강을 진행한 적이 있다. 그녀는 학생들에게 뮤지컬 제작 과정의 고단함에 대해 설명하다가 "뮤지컬 한 편을 제작하는 일은 100명이랑 과제를 함께 하는 것과 같아요" 하니 학생들이 단번에 이해가 되는 눈치였다. 같이한다는 건 의미는 좋지만 일을 해 본 사람은 함께한다는 것이 얼마나 힘든지 아는 것이다.

초연결사회에서 협업은 피할 수가 없다. 유능한 동료만 골라서 같이 하고 싶지만 인기 많은 동료는 우리 팀에서만 필요로 하지 않는다. 협업의 고개에는 구비마다 갈등과 위기가 있다. 사람과 사람이 하는 일이니 의견이 다른 게 일반적이고 갈등이 상시 있다. 긴장도 없고 의견 충돌도 없다면 좋아할 일이 아니다. 오히려 지금 제대로 굴러가고 있는지 살펴봐야 할 수도 있다. 사람마다 뿜어내는 에너지 간 긴장감은 대립과 충돌이 나올 수밖에 없다.

함께 일하는 즐거움은 광고 대행사에 다니면서 알기 시작했다. 부서마다 독립성과 전문성이 있으면서 다른 부서와의 공동 작업이 필수라 협업을 안 할 수 없는 구조다. 다른 회사와의 경쟁에 대비하기 위해 조직의 모듈화가 잘 되어 있다. 프로젝트에 맞게 광고 기획 A팀-크리에이티브 B팀-매체 기획 A로, 새로운 프로젝트가 들어오면 광고 기획 B팀-크리에이티브 B팀-매체 기획 B로 다양한 조합이 가능하다.

광고주는 광고 대행사와 신뢰 관계가 쌓여 있어도 시시각각으로 변하는 시장에 대처하지 못하는 대행사하고는 계약 관계를 정情으로 갱신하지 않는다. 광고 대행사는 회사 매출이 걸린 경쟁 프레젠테이션이 잡히면 적당한 팀에 캠페인을 할당하고 전투태세를 갖춘다. 싸워서 이겨야만 한다. 담당 기획자가 제작 부서와 매체 담당자를 모아 놓고 이번 광고 캠페인의 취지, 달성하고자 하는 목표, 브랜드에 대한 핵심 통찰Key insight, 광고 크리에이티브 방향, 예산과 일정 등을 브리핑한다.

이후에는 파트 별로 회의의 연속이다. 제작 부서는 광고 시안을, 매체 담당자는 효과적인 매체 집행 계획을 예산에 맞춰 짜 온다. 광고 기획 파트가 논리로 광고 캠페인의 핵심 메시지를 만든다면 제작 파트는 이미지와 감성으로 캠페인의 시각화를 담당한다. 논리적으로 사고하는 것과 시각적으로 사고하는 것이 전혀 다른 영역이고 서로 잘 모르는 분야니 협업의 과정에서 갈등이 잘 일어나지 않을 거라 생각하기 쉽다.

그러나 상대가 한 일에 대해 말하기 조심스럽고, 설사 기획자가 잘 설명해도 디자인적 사고를 하는 크리에이티브 팀의 두뇌에 전달이 잘 되었을지는 결과물이 나오기 전까지 알 수 없다. 문과생과 이과생의 대화처럼 협업 과정이 이루어진다.

기획자가 "우리가 미는 핵심 메시지가 고급스럽게, 엣지 있게 전달되면 좋겠어요"라고 말한다. 듣는 디자이너들에게 메시지가 왜 고급스럽게 전달돼야 하는지, 엣지 있다는 게 어떤 걸 말하는 건지 설명을 하기는 하면서도 원하는 걸 제대로 잘 말하고 있는지 스스로 의구심이 든다.

제작 시안을 두고 끝 모를 회의가 이어지고, 최종적으로 파트별로 정교화한 광고 제작 시안과 매체 집행 계획이 나온다. 광고주가 요구하지는 않았지만 전략적으로 한 단계 더 심화된 홍보 마케팅 계획까지 마련해 간다. 준비한 모든 결과물이 나왔다. 이제부터는 광고 기획 파트의 책임이 막중해진다. 잠재적인 광고주 앞에서 왜 이 광고 캠페인을 다른 곳이 아니고 우리 회사에서 담당해야 하는지를 논리적이면서 감성적으로 설득하는 역할을 맡는다.

경쟁 프리젠테이션용 발표 자료는 당일 아침까지도 수정에 수정을 거듭한다. 담당 AE가 만든 발표 자료를 상무님이 고치고, 다시 자료 보완해서 담당 AE와 보조 AE가 같이 자료를 수정해서 업데이트하고. 파일을 계속 '최종 파일'이라고 저장하다 보면 어느 파일이 진짜 '최최최종 파일'인지 헷갈릴 지경까지 간다.

연이은 경쟁 프레젠테이션을 성공적으로 마쳐서 회사는 한껏

고무된 때였다. 그날 우리 팀은 밤새 수정한 최종 발표 자료와 제작물을 들고 비장한 마음으로 프레젠테이션 장소로 출발했다. 보조 AE이었던 나는 현장에 가서 자료를 세팅하는 것 말고는 딱히 역할이 없어 준비한다고 며칠 잠을 제대로 못 자 차에 멍하니 앉아 있었다.

그 와중에 쪽잠이라도 자 보겠다고 눈을 감은 지 얼마 안 되었을 때다. 발표를 할 담당 AE가 노트북으로 최종적으로 자료를 검토하다가 발표 파일이 최종본이 아님을 알게 된 것이다. 정신이 번쩍 들었다. 노트북으로 직접 확인해 보니 파일은 정말 '최종 파일'이 아니었다. 발표장까지 가는 데 남은 시간이 이제 한 시간 남았는데 말이다.

둘이서 번갈아 가며 자료를 만들다가 최종 파일을 정리한 건 나였는데 이런 말도 안 되는 사건이 일어난 것이다. 왜 이 사달이 일어났는지 상황을 복기하는 건 의미 없었다. 상사는 아랫사람보다 훨씬 더 많은 경험과 다양한 솔루션을 가지고 있다. 워낙 긴박한 상황이었는데 본부장님께서는 침착하게 "임 선수가 최종 자료를 만들었으니 마무리할 수 있을 것이다. 시간은 얼마 없지만 혼자 잘 정리할 수 있게 가는 동안 조용히 기다려 주자" 라고 말씀하시면서 상황을 정리하셨다.

이게 무슨 일인가 하고 풀이 죽어 있었는데 본부장님의 말씀을 들으니 오히려 차분해지면서 정신이 확 들었다. 달리는 차 안에서 몇백 억의 회사 매출이 달린 제안서를 수정하기 시작했다. 파일의 순서를 바꾸고, 수정 전의 수많은 파일 속에서 해당 페이지를 찾아내 자료를 갖다 붙이고 넣고 빼고. 장소에 거의 도착해서야 자료 정리를 마쳤다. 이제 남은 건 발표자가 준비했던 내용대로 잘 발표하는 것을 기원하는 것 말고는 할 수 있는 게 없었다.

차에서 내리고 나서 그다음부터는 기억이 없다. 정신 차리고 보니 우리 발표 순서가 끝난 뒤였다. 고생한 동료들과 발표를 한 담당 AE에게 너무 미안해서 면목이 없었다. 말로 사과를 해서 될 일도 아니었다. 며칠 밤새며 고생했던 것이 무용지물이 될 수도 있었다. 그런데도 발표장에 같이 갔던 동료들은 괜찮다면서, 그래도 침착하게 자료 마무리해서 다행이라고들 해 주셨다.

본부장님께서도 고생 많았다고 하시며 발표자에게 제일 힘들었을 텐데 준비한 대로 잘했다고 하셨다. 또한 "임 선수도 당황하지 않고 차분하게 정리하느라 고생 많았다"라고 해 주셨다. 누구도 날 원망하거나 질책하지 않았다. 밤새우고 고생하며 만든 모든 과정을 지켜보셔서인지 누구라도 할 법한 실수라고들 해 주셨다.

1차 프레젠테이션은 통과했지만 최종적으로 광고를 수주하지는 못했다. 회사에서는 내가 한 어이없는 실수에 대해 더 문제 삼거나 농담으로라도 더 이야기하지 않았다. 가혹하게 혼이 난 것보다 훨씬 더 강렬하게 교훈을 맛본, 일생일대의 큰 사건이었다. 지금 생각해도 등골이 서늘하다. 실수는 의지나 노력과 상관없이 누구나 저지를 수 있는 사고였다.

  실수는 누구나 한다. 실수했을 때 남에게 떠넘기거나 내 실수가 아닌 척하지 말고 바로 인정하자. 잘못된 점이 무엇인지 확인하고 여기서 얻은 교훈을 잊지 말아야 한다. 스스로 나아지기 위해 노력하지 않으면 발전이 없다. 부끄러워 말고 실수를 만회하기 위해 노력하다 보면 같은 실수를 반복하지 않는 경지에 오를 수 있다. 실수하면서 배우고 점점 나아지는 법이다.

결국은 밸런스

사람의 몸과 마음은 하나다. 만물의 영장이라고 하는 인간도 동물이라 순리대로 살 수만 있으면 인생이 편안하다. 해 뜨면 일어나 밥벌이를 하러 나가고, 해 지면 집에 돌아와 잠을 자고, 아프면 쉬고. 그러나 현대인들은 이치는 알지만 순리를 거스르며 산다. 아니, 살 수밖에 없다. 몸에 문제가 생기면 주인에게 신호를 보내지만 바쁜 주인은 알아채지 못하고 참아보다가, 안 되면 주인에게 다시 신호를 보내고 무심한 주인은 그제야 문제를 인지하기 시작한다. 이때라도 잘 챙겨 주면 괜찮은데, 꼭 기회를 놓친다. 마음과 몸이 크게 흔들리고 나서야 삶의 균형점을 찾는 게 얼마나 중요한지 깨닫는다.

결정하는 데 시간이 오래 걸려서 그렇지, 한번 결정하면 그 이후부터는 무조건 직진이고 잰걸음으로 간다. 다른 사람을 불편하게 하느니 내가 그러는 게 낫다고 생각하는데, 그래서인지 남을 배려해서라기보다는 신세를 지고 싶지 않은 나를 먼저 생각해서 웬만하면 도움을 잘 빌리지도 않는다. 일을 남에게 잘 미루지도 못하는 데다 욕심이 많아 몸도 마음도 늘 바쁘다. 매일매일은 성실하게 지내지만 인생 전체로는 그때그때 하고 싶은 대로 하고 산다. 몸은 힘들어도 밖에 나가서 사람들과 일하면서 지내는 게 좋으니 어쩔 도리가 없다.

내게 일터는 밥벌이를 위한 생존의 전투장이면서도 흥미진진한 놀이터였다. 오늘은 고만고만한 또래들이 나와 있는 놀이터, 어떤 날은 또래는 없고 나보다 힘세고 나이 많은 사람들이 가득한 놀이터, 어떤 날은 한 번도 겪어 본 적 없는 새로운 사람들만 가득한 놀이터 등. 오늘은 어떻게 재미있게 놀지 생각하는 것만으로도 좋았다. 게다가 돈도 벌 수 있었다.

일을 마다하지 않는 데다 맡은 일은 책임감 있게 하려고 노력하는 일꾼이었다. 유럽에 1박 3일 같은 촉박한 일정으로 출장을 다녀오고 나서 공항에서 바로 사무실로 출근하는 날도 많았다. 하루에 처리해야 할 일이 너무 많아 일하다 힘들어서 죽을 수도 있다 생각이 들 때도 있었다. 정기적인 관찰이 필요한 증세가 있어서 병원을 예약해 뒀어도 회사에 급한 일이 생겨서 수습한다고 병원을 못 가는 날도 많았다.

차일피일 미루다 회사에서 건강 검진을 받지 않으면 안 된다는 연락을 받고서야 그해의 마지막 달인 12월, 그것도 마지막 날에야 검진을 받으러 병원에 갔다. 별일 아니길 바랐지만 검사를 제대로 받아 보고 조치하는 게 좋겠다는 말씀을 주셨다. 중병도 아니니 간단한 시술 정도겠지 생각하고 수술 날짜를 잡기 위해 병원에 혼자 갔다.

몸이 약해 병원에 자주 다녀서인지 어릴 때부터 혼자 병원 다니는 게 익숙하기도 하고, 별일 아니라고 생각해서 그랬는데, 진찰 후 의사의 소견은 예상 밖이었다. 약으로도 치료되기 힘들고, 병의 원인이 되는 해당 신체 부위를 아예 몸에서 떼어 내는 게 좋을 것 같다 하셨다. 전혀 생각지도 못한 전개라 잘못 들었나 생각했다. 의사는 그림을 그려 가며 설명하기 시작했으나 귀에 들어오는 건 '적출'과 '절제'라는 단어였다.

의학 지식이 부족한 환자를 상대로 건조하게 설명하려는 의사의 직업적 상황은 이해가 갔지만 아무렇지도 않게 신체 부위를 도려내자고 하니 열심히 설명하는 의사를 보고 있자니 화가 났다. 그렇지만 전문가 앞에서 환자가 무슨 말을 제대로 할 수 있겠는가! 절대적으로 지식이 부족한 환자가 의사에게 할 수 있는 건 아무것도 없다. 그저 듣는 것 말고는. 인사를 하는 둥 마는 둥 하고 담당 의사의 방을 나왔다.

다리에 힘도 없고 정신은 멍해져서 병원 밖을 바로 나설 수가 없었다. 일단 정신을 좀 차려야 했다. 화장실로 가서 앉자마자 눈물이 났다. 뭐 대단하고 훌륭한 일을 한다고 사태를 이 지경으로 만들었나 생각이 드니 내 자신이 너무 한심했다. 그간 몸에 대해 너무 무심했고 몸이 이 정도였으면 마음도 꽤 힘들었을 텐데 왜 잘 살피지 못했나 하는 후회가 들었다. 내 몸과 마음에게 너무 미안했다.

더 큰 병원에 가서 진단을 다시 받았다. 다행히 절제할 필요는 없고 혹만 제거하기로 했다. 물론 간단한 시술은 아니었고 병원에서 일주일 넘게 입원이 필요한 수술이었다. 회사에서는 계약을 연장해 일을 계속 맡아 주길 바랐지만 여기서 이 상태로 더 가는 건 무리였다. 일단 약속한 기간까지는 업무를 하고 퇴사하기로 했다. 퇴사하고 쉬면서 수술을 받을 수 있는 몸 상태를 만들어 나갔다. 당시 몸 상태로는 힘든 수술을 버텨 낼 여력이 없었다.

결론적으로 수술은 잘 끝났다. 인생 처음 해 본 장시간의 수술과 입원이었다. 대학원 다니면서는 마음이 보내는, 이번에는 몸이 보내는 신호를 무시해 벌어진 사건이었다. 크게 아프고 나니 무심코 보고, 잘 안 보이던 것들이 보이기 시작했다. 인생의 아이러니가 아닐 수 없다. 고통스러운 경험은 되도록 겪지 않는 게 좋지만 그나마 위안이 되는 것은 힘든 일을 겪고 나서 내 생각의 반경이 좀 더 넓어졌다는 것이다.

인생은 잘 흔들린다. 높든 낮든, 높이가 어떤 파도든 맞으면 아프다. 마음과 몸도 다 힘들다. 가만히 있어도 흔들리는데, 중심 좀 잡아 보겠다고 몸을 이리저리 움직이면 더 흔들거리고 힘들다. 잔뜩 힘을 주면 몸이 무거워져 인생의 파도타기는 더 힘들어진다. 밀려드는 파도를 보면 위협감이 들어서 머리로는 알면서도 몸에 잔뜩 힘을 주는 것이다. 그러면 몸과 마음에서 신호가 온다. '이제 그만 살살 가자고. 대충해도 된다고.'

파도를 잘 타려면 파도에 몸을 맡기듯이 인생의 파도도 흐름을 타야 한다. 비틀스도 명곡 'Let it be'에서 이야기했다. 그냥 둬 보라고. 사람들이 자기 앞에 펼쳐진 사건과 사고를 어떻게 받아들여야 할지 모르겠다고 물어볼 때가 있다. 내가 한 처방은 별거 없다. 멈추고 방심放心과 방념放念, 마음과 생각을 툭 내려놓아 보라고 한다. 흙탕물이 마음에 안 든다고 더 휘저으면 물은 더 탁해지니 흙이 바닥에 가라앉고 물이 맑아질 때까지 기다려 보는 여유를 가져 보자!

좋은 생각 습관

하루도 빠지지 않고 꾸준히 하는 행동이 무엇이 있을까 생각해 보면, 끼니를 챙겨먹는 일과 잠을 자는 일, 두 가지 정도다. 하나 더 보탠다면 양치질 정도가 아닐까 싶다. 자신을 변화시키고 싶어서 대단한 걸 시도해 보려고 하지만 결국 자신을 어제와 다르게 만드는 건 매일매일 조금씩 하는 사소한 행동들이다. 꾸준히만 한다면 어느새 어제와는 0.00001%라도 달라진 내가 되어 있을 수 있다. 꾸준한 습관의 힘이다.

살면서 좋은 습관이 있으면 일도 생활도 한결 수월해진다. 사람마다 천성이 다르고 좋고 싫은 것이 다르고 삶의 철학도 다르기 때문에 각자의 습관을 개발해야 한다. 습관은 보통 세

달이면 완성된다고 하는데, 1년 중의 세 달은 길어 보이지만 평생 중 세 달은 짧다. 해 볼 만한 가치가 있는 투자인데 고작 세 달을 못 채운다. 그런데 더 중요한 건 생각하기다. 왜냐하면 생각이 습관을 만들고 습관이 행동으로 이어지기 때문이다. 생각이 시작인 것이다.

1. '오늘은 여기까지' 말하고 멈춰 보기

일하면서 제일 경계해야 할 순간이, 일에 몰입한다고 모니터 바로 앞까지 얼굴을 들이밀고 있을 때다. 사람들과도 오래 잘 지내려면 적당한 거리 두기를 해야 하듯 일도 잘하고 싶다면 거리를 두는 게 필요하다. 조금만 더 하면 실마리가 금방이라도 튀어나올 것 같지만 의자에 앉아 끙끙댈수록 해결책은 저 멀리서 지켜만 보고 나타나질 않는다.

그럴 때는 '여기까지 하자'로 생각하고 하던 일을 멈춰 본다. 다시 일을 시작할 때까지 아주 잠깐이라도 여유 시간을 가져 보는 것이다. 차를 마셔도 좋고, 화장실에 가서 손을 씻고 좋아하는 향이 나는 핸드크림을 발라도 좋다. 지금 집중해서 하는 일과는 아무 관련 없지만 하고 나면 기분 좋아지는 행동을 해 본다. 일터에서 다른 사람의 시간을 방해하지 않는 소소한 거라도 충분하다. 그러다 보면 여유가 생기고 안 보일 것 같던 실마리도 짠, 하고 등장한다. 생각의 탄력성이 회복되어 한 치 앞도 보이지 않던 문제의 틈이 보이기 시작할 것이다.

출근해서 해야 할 일을 목록으로 정리하다 보면 '할 일이 너무 많은 거 아니야' 하는 날이 있다. 목록에 있는 일만 해도 하루 가 모자랄 지경인데 목록에는 없지만 생각지도 않은 일이 발생 하는 게 빈번하다. 예상치 못한 일일수록 신속하고 빠른 일 처리가 필요한 일이다. 급한 일부터 처리하다 보면 일의 우선 순위가 뒤죽박죽돼 버린다. 분명 하루 종일 쉬지 않고 열심히 일한 것 같은데, 퇴근 시간이 훌쩍 넘었는데도 아직도 할 일이 산더미다. 그런 식으로 하루를 보내고 일주일을 보내고, 한 달을 보내다 보면 회사에 가는 일 자체가 고통이다. 출근하면서도 퇴근하고 싶은 날들이 계속되는 것이다.

일에 휘둘리지 않으려면 누구보다 일의 내용을 본인이 가장 잘 알고 있어야 한다. 당연한 말이지만 어쩔 수 없다. 오늘 해야 할 일 중에 꼭 마무리 지어야 할 일과 미뤄도 대세에 지장 없는 일을 구분해 내고 무슨 일이 있어도 오늘 끝내야 할 일을 신경을 다해서 처리해야 한다. 그러려면 일의 우선순위를 매길 줄 알아야 하는데, 헷갈릴 때는 혼자 끙끙 대지 말고 선배들에게 도움을 구해야 한다.

선배를 귀찮게 하는 것 같지만 그게 선배가 회사에 존재할 이유다. 당신보다 월급을 더 받는 데는 이유가 있다. 도움을 제때 받아 집중하지 못했던 이유를 찾아 없애 보고 오늘 해야 할 일만 집중해서 처리해 보는 것이다. 주변을 신경 쓰지 않고 오로지 걷고 있는 내 다리와 팔에만 집중해 걷다 보면 잡념이 사라지고 '걷고 있는' 행위의 즐거움에 빠져들게 되어 있다. 걸을 때 걷기만 하듯이 일도 집중해서 하고 있는지 살펴볼 일이다.

3. 모를 때는 아는 문제부터

시험 볼 때 미리 공부해서 다 아는 문제가 나오면 좋겠지만 시험인데 그럴 리 없다. 익숙해 보이는 문제부터 풀다 보면 불안함이 줄고 자신감은 늘어난다. 풀다 보면 잊고 있었던 어딘가에 잘 저장해 둔 지식이 떠오를 수 있다. 잘 모를 때는 질문을 해 보면서 앞으로 나아가 보는 거다. 질문을 한다는 것은 문제의 범위를 좁혀 가는 것으로 가다 보면 모호했던 대상이 선명하게 보이게 된다.

일을 잘하는 사람은 일이 되어 가는 과정과 순서를 아는 사람이다. 일을 잘게 쪼개서 목표를 구체화시킬 줄 아는 것이다. 뼈대를 세우고 안을 하나씩 채워 가다 보면 그리려고 했던 그림이 완성되어 간다. 차근차근 아는 것부터 처리해 보자. 그러다 보면 일의 끝에 다다르게 되어 있다.

4. 간결하고 정갈하게

일의 과정상 이 정도쯤에서 다음 사람에게 중간 결과물을 넘겨야 하면 미진해 보여도 붙잡고 있지 말고 과감히 넘겨야 한다. 넘겨야 할 시점에 안 넘기면 일이 꼬일 수 있다. 정보 공유나 보고 과정도 마찬가지다. 공들여 만든 자료를 어느 시점에 어떻게 보고해야 할지까지도 계산에 넣어야 한다. 자료만 잘 만든다고 다가 아니다. 자료를 잘 만들어 놓고도 필요한 순간에 말하지 못하면 효과가 반감된다. 다 때가 있다.

말할 사람은 준비되어도 들을 사람이 준비가 안 되어 있으면 준비한 내용이 제대로 전달되기 어렵다. 보고 하기 전에 상대의 컨디션도 살필 줄 아는 것은 훌륭한 센스다. 나에게 할당된 시간이 얼마나 될지, 상대의 다음 일정은 무엇인지 등을 확인해 보는 것이다. 그렇게까지 해야 하나 싶지만 디테일이 일의 완성도를 좌우할 때가 많다.

말할 차례가 되면 두괄식으로 결론부터 말하는 편이 좋다. 상사는 나보다 훨씬 더 많은 사람을 상대하는 게 일이자 역할이다. 상대가 궁금해할 내용부터 말해 주면 관심을 끌기 쉽고 집중하게 만들 수 있다. 간결하고 정갈하게 핵심을 짚어 주면 된다. 그렇게 할 줄 안다는 건 내용 숙지가 다 되어 있다는 뜻이다. 준비가 충분하면 중언부언하지 않고 우왕좌왕할 필요 없다. 모자라면 티가 난다.

5. 솔직담백하게 도움 청하기

일하면서 문제는 늘 터지는데, 발생한 문제에는 사건의 원인이 분명 있다. 원인을 제거해야 하는데 내 선에서 처리할 수 있을지, 집단 지성의 힘으로 함께 해결해야 할지, 당장 해결되기는 힘들고 시간만이 해답이 될지를 찾아내야 한다. 원인을 파악해 보기도 전에 서둘러 담당자 선에서 해결해 보려고 애쓰다가 문제만 더 키운다.

잘해 보려다 쉽게 풀 기회를 흘려 버리는 것이다. 본인이 미숙하거나 무능력해서 발생하는 일이 아니라, 언젠간 누구에게서라도 터질 일인데 하필 내 앞에서 터진 문제도 많다. 잘못했다고 부끄러워할 필요 없다. 일 더 키우지 말고 빨리 털어놓고 권한이 있는 사람에게 도움을 청해야 한다. 그렇다고 '나는 모르겠으니 알아서 해 주세요' 하면 아무도 안 도와준다. 문제 상황을 신속하고 간결하게 말하고 생각해 낸 문제 해결 방안에 대해 이야기하는 게 기본적인 예의고 매너다.

듣는 사람도 말하는 사람도 다 바쁘다. 바쁜데도 당신을 위한 시간을 내고 배려를 하고 있는 걸 잊지 말아야 한다. 일을 능숙하게 한다는 것은 도움이 필요할 때 도움을 청할 사람들을 곁에 두고 정중하게 도와 달라고 말할 수 있다는 것을 의미한다. 도움을 청하는 것을 부끄러워 말자. 나중에 도움이 필요할 때 그때 도와주면 되고 도와준 사람 말고도 도움을 필요로 하는 사람에게 손을 내미는 도움 릴레이를 하면 된다. 처음부터 능숙한 사람은 없다.

변신은 선택 아닌 필수

인기 있는 방송 콘텐츠 중 MBC의 '놀면 뭐하니?'라는 프로 그램이 있다. 어쩜 그리 작명을 잘했는지. 컨셉은 간단하다. 1인 출연자가 여러 캐릭터로 활동하면서 이야기를 만들어 낸다. 라면집 사장님이었다가 드러머였다가 공연 제작자였다가 오케 스트라 단원이었다가. 다양한 부캐릭터를 즐겁게 잘 해내는 출 연자를 지켜보는 재미가 크다. 본캐는 고정 출연자 한 명이지만 본캐의 부캐는 다채롭다.

부캐라 해서 대충해도 된다 생각하면 오산이다. 캐릭터마다 연마해야 할 기술이 있고 부캐가 속한 그룹 내에서의 역할이 있다. 대충 따라 하는 시늉으로 순간을 모면하려고 했다가는 눈밝은 시청자들은 금방 안다. 억지로 하는 척하는 건지, 부족하지만 진심을 다해서 하려는지 말이다. '놀면 뭐하니?'는 부캐의 성장 드라마다. 처음엔 어설프게 시작하지만 어느 순간엔가 놀 듯이 일하는 경지에 다다를 정도로 퍼포먼스를 해내는 부캐의 활약상을 보고 있으면 마음이 몽글몽글해지면서 감동이 일렁댄다.

본캐든 부캐든 성실함과 꾸준한 노력이 없다면 지속적으로 하기 힘들다. 직장 다닐 때에는 본캐 하나만 제대로 하기에도 벅찰 때가 많다. 사람이 감당할 수 있는 생각과 노동의 총량은 정해져 있다. 한계치를 초과하는 순간부터 생각의 회로는 멈춘다. 상사의 예상치 못한 업무 지시에 무조건으로 즉각 반응하는 기계가 되기 싫다. 출근해서 정해진 일만 해도 힘든데 거기에 조직이라 수반하는 사회생활과 감정 노동을 해야 하니 말이다.

직장을 그만두고 1인 사업자가 되고 나서는 하나의 본캐 말고도 여러 부캐를 왔다 갔다 하며 생활 중이다. 회사 다닐 때에는 엄두도 못 낸 일이었는데 어쩌다 보니 하고 있다. 내 본캐는 1인 기업 '호미'의 대표다. 부캐는 복합 문화 공간 '일루와유달보루'의 관리자이자, 게스트하우스의 관리인이자, 공공 프로젝트의 평가 보고서를 작성하는 연구자이자, 강연자이자, 첫 책을 낸 작가다.

호미의 주력 사업이 공간 브랜딩이자 마케팅이라 여러 부캐 중에서도 순위를 매기자면 부캐 1순위는 공간 관리자이다. 대한민국 수도 서울에서 한옥을 관리한다고 하니 그럴싸하게 보이지만 각양각색의 활동이 펼쳐지는 놀이터 살롱의 문지기로서 몸이 열 개라도 부족하다. 영화나 드라마 사극에서 보면 양반이 사는 대궐 같은 기와집에 집안 대소사를 내 집처럼 챙겨주는 하인들이 살지만 여기는 없다. 그 관리자며 하인이 바로 나다.

행사가 끝나고 나서는 공간 근처를 돌아다니며 담배꽁초나 쓰레기를 줍는다. 공원에는 쓰레기통이라도 있지만 주택 단지라 휴지통이 없다. 한참 줍고 나면 쓰레기가 수북하다. 아파트에는 거주민 대신 관리해 주시는 분들이 계시지만 여기는 따로 없기 때문에 행사 마치고 나서 주변 청소는 필수다.

관리인으로서 소임을 다한 일화를 들려주면 재미있어서 웃으시다가도 이야기를 들은 사람들은 한마디씩 한다.
"전에 하던 일이 공무원, 그것도 외교관이었다고 하던데 이런 일(여기서 '이런'은 담배꽁초 줍고 이불 빨래하는 등 각종 잡무를 처리하는 걸 의미한다!)하는 거 괜찮아요?"라고. 질문을 받고는 직전까지는 관리인이었다가 다시 호미 대표로 돌아와 의젓하게 대답한다. 부캐의 변신은 순식간이어야 한다.

"아, 네. 괜찮아요. 문화 공간을 운영해 보고 싶다는 생각은 해 본 적 있는데, 게스트하우스 사장님은 생각 못 해 봤어요. 다양한 역할 놀이 중이라고 생각해요"라고 대답한다. 전에 외교관이고 공무원이고 교수님이라는 게 뭐가 중요한가. 게스트하우스에 찾아오신 분은 그냥 이모가 필요할 뿐이다. 이모에게 기대하시는 걸 하면 되고 그렇다고 내 정체성이 게스트하우스 이모가 되는 건 아니지 않나.

별 상관없다. 영화 '변검' 속 주인공처럼 순식간에 그때그때 필요한 가면을 쓰고 역할을 해내면 될 뿐이다. 외교관의 역할이 필요하면 거기에 맞춰 행동하면 된다. 역할에 지나치게 몰입하면 빠져나오기 힘들다. 외교관으로서 의전을 많이 받아 보다 보면 스스로 무엇인가 대단한 사람처럼 생각될 때가 있다. 대접받는 게 익숙해지다 보면 막상 혼자서 무엇인가를 하는 게 낯설고 어색하고 불편한 일이 많아진다.

의전은 개인에 대한 예우가 아니라 그 사람이 맡고 있는 역할에 대한 존중일 뿐인데, 사람들은 종종 헷갈려 한다. 구글 다닌다고 구글이 내 회사가 아닌데, 내 회사라도 되는 것처럼 생각하는 사람도 있다. 역할에서 못 빠져나오면 본인도 힘들고 지켜보는 주변 사람도 힘들다. 내가 맡고 있는 사회적 역할이나 포지션과 적당한 거리를 둘 줄 알아야 한다. 거리 두기는 부캐들 사이에서 유유히 헤엄치듯 자유롭게 변신하는 요령이 있어야 가능하다.

　부캐를 가진다고 본캐가 사라지는 건 아니니 걱정 안 해도 된다. 그렇다고 사라질 본캐라면 오히려 잘 생각해 봐야 하지 않나 싶다. 하나 더 중요한 게 남았다. 본캐든 부캐든 역할이 빛나는 데는 사람들의 도움 없이는 불가능하다. 잘하는 사람을 곁에 둬야 내가 더 배울 수 있다. 사람을 겪으며 끊임없이 학습해 내는 사람이 어디서든 오래 버틸 수 있다. 나이가 적거나 많거나 직급이 높거나 낮거나 상관없이 누구에게나 배울 점이 있다. 모르는 게 있으면 인정하고 배우는 것을 부끄러워 말아야 한다. 배우지 않으면 나만 손해다.

사람은 나를 믿는 만큼 자란다

일을 시작하고서 심리적으로 가장 흔들렸을 때가 언제인가 보니 첫 번째 공직 생활을 끝내고 나서다. 처음에는 홀가분했다. 내 사랑 뉴욕에도 가고, 거기서 오래 재미나게 잘 지낼 줄 알았다. 하지만 한두 달이 지나고 나니 불안해지기 시작했다. 한국에 빨리 들어와야 할 것 같았다. 이전에는 다음에 갈 직장이 정해져 있거나 다음에 하고 싶은 일이 있어서 이렇게까지 불안하지 않았다. 나이를 먹어 가는 것에 대해 의식하지 않고 살았다. 그러다 어느 순간 더 이상 젊지 않은 나를 받아 줄 곳이 없을지도 모른다는 생각이 들기 시작했다.

불혹의 나이. 유혹에 흔들리지 않는 나이라는데 그렇게 흔들리며 막연하고 난감했던 적이 없었다. 무엇을 해야 할지 감이 안 왔다. 정해진 임기를 마치고 공직 생활을 더 해 봐도 좋겠다는 생각에 경력직 공무원 채용 시험에 도전해 봤으나 불합격했고, 서울이 아닌 곳에서 일해 보고 싶었으나 실패했다. 이직을 자주 했지만 오래 쉰 적이 없어 실업 급여라는 걸 한 번도 받아 본 적이 없었는데 이번에 처음으로 받으면서 구직 활동을 하게 되었다.

그렇다고 불안하기는 해도 위축되지는 않았다. 그러다 근황을 물어보는 사람들에게 '구직 중'이라고 인사하면 상대가 당황해하고 괜한 걸 물어봤다며 미안해 하는 기색을 몇 번 보게 되었다. '실직'했고 '구직'한다는 사실이 사람을 불편하게 만들 수도 있고 자리를 어색하게 할 수도 있었다. 우리 사회에서 '직장을 다니지 않고 있다'는 것이 비일상적이고 비정상적인 과정으로 인식될 수도 있다는 것을 알게 되었다.

그 뒤로는 먼저 나서서 구직 중인 근황을 이야기하지 않았다. 물으면 그냥 웃고 넘겼다. 군이 내 입으로 확인해 주고 싶지 않았다. 계약 기간이 끝나 그만뒀다고 하면 일을 제대로 못 해서 계약 연장을 못 하게 된 거라 짐작하고는 측은하게 바라보는 경우도 있었다. '있을 때 좀 잘하지 그랬느냐'고 하는 듯한 눈빛. 잘 알지도 못하면서 쓸데없이 연민을 보내는 시선이 불편했다.

차라리 그럴 때는 아무 말도 하지 않는 게 상대를 편하게 해주는 건데 말이다.

물론 상대는 아무 생각이 없는데 혼자 지레 위축되어서 그렇게 느꼈을 수도 있다. 피해의식이 이렇게 무섭다! 서류도 내고 면접도 보러 다니고 시험도 보면서 취준 생활을 이어 갔지만 여기다 싶은 자리가 쉽게 나타나질 않았다. 구직의 시간이 길어지면서 어디를 가도 잘할 수 있다는 자신감이 기하급수적으로 사라져 갔다. 속절없이 세월만 보내고 어디에서도 날 찾지 않게 되면 어쩌나 하는 생각이 많이 들었다.

아무도 날 원하고 찾지 않을 수 있다는 두려움이 제일 컸다. 시간이 지나면 무엇을 하고 싶은지, 원하는 게 무엇인지 분명해질 줄 알았는데 오리무중이 되어 갔다. 결과를 기다리고 모색하는 시간이 고역이었다. 답이 또 금방 안 찾아지니 앞에 놓인 문제를 모르는 척하고서는 어디 멀리 던져 버리고 싶었다. 일단 먹고 살아야 하니 어디든 빨리 들어가야 한다는 생각만 들었다. 감정의 파도도 오르락내리락하며 어떤 날은 자존감이 높았다가, 다음 날은 한없이 낮아졌다.

막막한 생활이었다. 빨리 끝을 내 버리고 싶은데 생각대로 안 되었다. 아무도 만나고 싶지 않고 뭐라도 될 때까지 잘 숨어

지내다 근사하게 나타나고 싶다는 나의 푸념을 들은 선배가
해준 말이 있다.

"너의 지난 시간을 믿어봐. 너의 이력은 유니크^{unique}한데
뭐가 불안하니?"

선배의 말은 무게 중심을 잡는 데 큰 도움이 되어서 '나는 유
니크하다. 나는 열심히 살았다. 나는 잘할 수 있다'로 생각이
이어졌다. 흔들린다는 건 불안하다는 것이고 불안하다는 건
중심이 없기 때문이었다. 끊임없이 나를 들여다보면서 중요하
게 생각하는 것을 찾고 노력하고, 그게 나의 지난 시간이었는
데 축적된 시간에 대한 믿음이 낮아져 생기는 문제였다.

자기 비하가 아닌 자기 존중감이 필요했다. 나에 더 집중하기
위해 많이 걸어 다니기 시작했다. 나와의 대화가 더 필요한
때 걷기만큼 좋은 게 없었다. 내 안에 공직 생활을 더 해 보고
싶다는 마음이 있었다는 것을 알게 되었다. 10개월여의 실업
자 생활을 마치고 다른 중앙 부처로 입사하게 되었다. 물론
정규직이 아니고 계약직이었으나 그 자리에서 얻게 될 경험은
절대 어디 가서도 못 할 일이라 감사한 마음으로 입사했다.

인사팀에서 그간 문화 예술 분야에서의 경력과 경험을 살릴

자리에서 일할 자리에 배치해 주었다. 기존에 있는 인력은 갖지 못한 직무 경험과 감感, sense으로 제 몫 하면서 공무원 생활을 했다. 문화 예술 분야 전문가라는 경력에 일반 여권, 관용 여권, 외교관 여권의 3종 여권을 가져 본 사람이 되면서 독특함이 더해져 갔다. 그간의 나의 커리어 패스career path를 아는 지인들은 내가 매번 무슨 선택을 하게 될지 나만큼이나 궁금해한다.

앞으로 오래 현업에서 일하는 게 내 바람이다. 나이가 들어서 더 빛을 발하는 윤여정 배우 같은 전문가가 되고 싶은 것이다. 일을 오래 해야 하는 시대가 되기도 했지만 일하는 게 내게는 무엇보다 재미있는 놀이라 오래 잘해 보고 싶다. 새로운 기회가 찾아오면 받아들였다. 그렇다고 아무 관련 없는 곳으로 가지는 않았다. 분야만의 전문 지식과 경험이 필요한데, 준비가 안 된 상태로 갈 수도 없고 운 좋게 진입한다 해도 버텨 내기 힘들다. 그나마 이직 과정이 수월했던 건 문화 예술 분야 내에서의 이동이기 때문이었다.

이번 회사에서는 이 기능을 내 몸에 탑재하고 다음 회사에서는 다른 기능을 탑재한다. 잘하는 특기로 회사에 밥값을 하되 모자라는 부분은 부딪쳐 가며 익히는 전술로 실력을 차곡차곡 쌓아 올렸다. 하다 보면 하게 되어 있다. 사람 사는 건 어디나 다 비슷하고, 일하는 과정도 어디나 비슷하다. 결국 사람하고 하는 일이고 조직의 리소스resource를 활용하는 것이 일이니, 자신과 동료를 믿고 사람과 자원을 어떻게 활용하느냐에 성패가 달려있다.

훌륭한 선배들은 늘 말했다. "끝날 때까지 끝난 게 아니야. 사람이 하는 일인데 안 되는 일이 어디 있니? 안 되는 건 없고 시간이 생각보다 더 걸릴 뿐이니. 포기만 안 하고 앞으로 가다 보면 길을 찾게 되어 있어"라고.

한 장소에 익숙해지고 적응하는 만큼 새로운 곳에 가서 익숙하게 자리를 잡기까지는 곱절의 노력이 든다. 지금 이 자리에서 만족하고 충분히 즐거우면 굳이 바꿀 필요는 없다. 다음이 궁금하고 다른 보상을 기대하는 마음과 욕구가 있으면 새로운 곳으로 가는 것을 두려워할 필요가 없다는 의미다. 어디에 있든 스스로를 믿고 공들여 쌓은 과거의 시간을 믿자. 사람은 '나'를 믿는 만큼 자란다. 무럭무럭.

시절 인연

정현종 시인의 「섬」이라는 시가 있다. 여러 매체에서 소개된 너무나 유명한 시로 '섬'이라는 단어 하나에 대한 해석이 분분하지만 깊은 울림을 주는 훌륭한 시다. 고작 두 문장으로 이루어져 있는데, 의미하는 바는 깊고 넓다.

사람들 사이에 섬이 있다.
그 섬에 가고 싶다.

촌철살인이다. 사람의 인식 세계를 흔들어 깨우는 것이 예술에게 주어진 미션이라고 생각하는데 '너무나 예술적'이라는 표현이 합당한 이런 시를 만날 때면 희열이 느껴진다.

말을 하거나 글을 쓸 때 군더더기 없이 담백하게 이어지는 것을 좋아한다. 그래서 담백한 글을 만나면 잘 메모해 뒀다가 비슷한 상황에 사용해 보고 뿌듯해하고는 하는데, 같은 시인의 '방문객'이라는 시에도 눈부신 구절이 많다. 시의 전문은 이렇다.

사람이 온다는 건
실은 어마어마한 일이다.
그는
그의 과거와
현재와
그리고
그의 미래가 함께 오기 때문이다.
한 사람의 일생이 오기 때문이다.
부서지기 쉬운
그래서 부서지기도 했을
마음이 오는 것이다 - 그 갈피를
아마 바람은 더듬어볼 수 있을
마음,
내 마음이 그런 바람을 흉내 낸다면
필경 환대가 될 것이다.

산다는 건 사람과 만나고 헤어지는 과정을 겪어 내는 것이다. 나를 찾아오는 사람이 내 곁을 오래 머물다 떠날 사람인지, 아니면 곁에 잠시 머물다 갈 손님이 될지는 시간을 같이 겪어 내기 전에는 모른다. 시인의 말씀처럼 우리에겐 그 사람으로 인해 부서지기 쉬운, 그리고 부서져 봤을 시간이 필요하다.

언제부터인지는 모르겠는데 새로운 사람을 만나면 그 사람은 나의 가까운 미래에서 온 존재라고 상상해 보곤 했다. 처음 가 본 장소에 우연히 자주 들르게 되면 내 미래가 내게 '앞으로 여기 자주 오게 될 거야'라고 신호를 보냈다고 생각했다. 무심하게 지나치지 말고 '지금 여기'를 찬찬히 주의 깊게 살펴보라는 의미가 담긴 사인sign. 시인께서는 좀 더 차원 높은 의미에서 비유를 했겠지만 '내가 생각한 걸 통찰력 있는 분은 저렇게도 표현하시는구나' 하면서 반가워했다.

미래가 보낸 신호라고 생각하고 장소에 가니 처음 가 본 장소지만 낯설지 않았다. 우연의 일치이거나 말도 안 되는 상상이었지만 적어도 내게는 맞는 경우가 많았다. 마찬가지로 의도치 않게 어떤 사람과 빈번하게 마주치면 앞으로 자주 만나게 될 사이가 되겠다고 생각했고 실제로 자주 보는 인연이 되는 경우가 있었다. 만남처럼 이별도 마찬가지였다. 오래 알고 지냈던 사람과도 이별해야 할 때에 신호가 왔다. 사람 사이에 균열이 조금씩 보이기 시작하고 그게 커지다 보면 이별의 순간이 왔음을 확실하게 깨닫게 된다. 우리의 인연이 이제 다 했다는 사실을 말이다.

내게는 회사도 마찬가지였다. 떠날 때가 되면 알게 되었다. 불교 용어 중에 '시절 인연'이라는 말이 있는데 모든 사물의 현상은 시기가 되어야 일어난다는 말을 가리키는 말로, 때가 되면 인연이 맺어지고 때가 되면 인연이 끊어진다는 의미다. 내게 오는 것 중에 우연히 그냥 오는 건 없었다. 인연은 인간의 의지 이상이다.

일 열심히 하면서 지내던 어느 날이었다. 동료들과 여러 종류의 방해물을 잘 넘으며 파이팅 넘치게 일할 때였는데 어느 날 일이 뜻대로 전개가 안 되자 어느 순간 나도 모르게 평소 안 하던 욕을 하고 있는 나를 발견하고 깜짝 놀랐다. 무의식적으로 뱉어 냈다. 그런데 욕을 하고 나서 창피하다고 느끼는 게 아니라 카타르시스를 느끼고 있었다. 막힌 속이 뻥 뚫린 느낌이었다.

그러다 혼잣말이 늘고 욕이 늘고 화를 버럭버럭 내고 후회하는 날이 계속되었다. 처음에는 욕을 혼잣말처럼 내뱉고 화들짝 놀라 주변을 둘러보고 듣고 있는 사람이 없나 살펴보기도 했는데 나중에는 누가 듣거나 말거나 상관없이 욕을 하며 씩씩대고

있었다. 평상시라면 웃고 넘겼을 일인데 힘이 드니 스스로에
대한 통제가 안 되던 상태였다.

조심하자고 스스로를 달래도 보고, 휴가 가서 일과 일상의
나를 분리도 해 보고, 일이 너무 많아 그런가 싶어 상사와 상의해
일을 줄여 보기도 했지만 별 차도가 없었다. 증세가 더 심해졌
다. 이제 여길 떠날 때가 된 것이었다. 그럴 때면 이제 여기에
서 떠나도 된다고, 애 많이 썼으니 관둬도 된다고 고생한 나
에게 '이별'이라는 선물을 주었다. 이별을 해서 그간 힘들었던
과거의 나를 보내준 셈이었다. 밥벌이보다 소중한 건 나였다.
내가 있고 밥벌이가 있다.

사람과도 마찬가지다. 다양한 사람을 여러 이유로 만난다.
만나다 보면 좋은 사람도 있고, 나쁜 사람도 있고, 이상한 사람도
있다. 사람을 상대하는 만큼 복잡하고 난해한 일이 없다. 일터
에서 일만 하면 별로 힘이 안 들 수도 있는데, 직장에서 힘든
건 거의 다 사람 때문인 경우가 많다. 안 맞는 사람하고는 적당
한 거리를 두고 지내는 노력이라도 해 볼 수 있다. 하지만 더
힘든 건 가깝다고 생각하는 사람하고 멀어지는 일이다.

관계가 끊어졌다는 것은 줄다리기로 치면 한쪽에서 줄을 놓아
버린 것과 같다. 힘의 차이든, 의지의 차이든 누군가 줄을 놓지

않는 한 줄다리기는 계속된다. 헤어진 이유야 각양각색이겠지만 결국 누군가 인연의 끈을 놓아 버려서다. 어쨌거나 상대가 나에 대해 기대하는 수준과 내가 상대에 대해 기대하는 수준이 달라서다. 상대가 좋고 싫고의 문제가 아니다. 좋아도 바라는 게 달라지면 멀어질 수 있다.

'왜 이렇게 되어 버렸을까?' 하고 반성도 하고 따져 보기도 하지만 누구에게 잘못이 더 있고 덜 있고의 문제는 중요한 게 아니다. 원망해 보고 미워도 해 보지만 그럴 필요 없다. 그냥 인연이 여기까지다. 안타깝지만 보내 줘야 하는 것이다. 한 시절 다양한 감정을 같이 겪어 내며 성장해 온 데 대해 감사를 표하면 된다. 이별은 복잡해 보이지만 그냥 안 맞아서다. 안 맞는 건 안 맞는 거다. 시절 인연이었다고 받아들이자. 그러다 다른 시절이 오면 인연이 이어질 수도 있다.

우리에게 필요한 건 우주에서 보낸 인연이니 같이 하게 되었을 때 소중하게 살펴 주면 된다. 떠나보낼 건 또 떠나보내고 받아들일 건 또 쿨하게 받아 주자. 사람이든 사물이든 때가 되면 흘러간다. 이번 생에서 원하는 게 있으면 우주에 신호를 자주 보내고 인연으로 맞을 준비를 하자. 정 시인께서 말씀하신 대로 모든 순간은 다 '꽃봉오리'인 것을 잊지 말자.

인생은 아다리 아님 말고

"취미가 뭔가요?"라는 질문을 받으면 난감하다. 호기심이 많아서 이것 조금, 저것 조금 해서 오랫동안 지속해 온 취미가 없다. '좋아하는 뮤지션의 음반을 모으고 있어요'라든가, '원래 그림 그리는 건데 요즘엔 아이패드로 그리고 있어요', '악기를 좀 다뤄요'라고 무심하지만 그럴싸하게 말할 만한 취미를 가진 사람들을 부러워한 적이 많다.

취미는 전문적으로 하는 것이 아니라 즐기기 위하여 하는 일이니 취미 부자라면 삶을 풍요롭게 살 수 있다. 요즘엔 취미를 전문적인 수준으로 발전시켜 본업인 밥벌이로까지 삼고 있는 경우도 많으니 즐겨 하는 취미가 있다는 건 여러모로 유용한 일이다. 하지만 내 취미는 그럴싸해 보이는 그런 종류는 아니다.

내 취미로는 '상담'이 있다. 상담이라고 하니 거창하고 전문적인 일처럼 보이지만 그냥 수다. 전문 자격증이 있는 것도 아니고, 그저 좋아해서 하는 일이다. 도움을 요청하면 문제를 들어보고 해결책을 찾아 주는 일, 그게 내 취미다. 나의 지인들이 나의 주요 고객으로 상담료는 당연히 없다. 커피를 같이 마시거나 맛있는 음식을 나눠 먹는 걸로 상담료를 대신한다. 회사 다닐 때 했던 수만 가지 일 중 제일 열심히 하고 즐겁게 했던 일도 바로 이 상담이다.

출근하고 내 자리로 가려면 팀원들의 자리를 지나가야 한다. 내 자리까지 가는 짧은 순간에도 그날 팀 분위기가 감지된다. 인사를 하는 둥 마는 둥 하고 모니터를 뚫어지게 쳐다보고 있는 팀원들을 보다 보면 그날따라 풀이 죽은 기운이 느껴졌다. 순간 고민한다. '이상한 기운을 느꼈지만 못 본 척할까? 아니면 봤으니 한마디라도 말을 건네 볼까' 하고.

고객 상담의 제1원칙은 '상대가 원하는가'이다. 고객이 원하는 것을 드려야 만족도가 높다! 들을 준비가 되어 있지 않은 사람들에게 상담은 무용지물이다. 상대의 구두 동의가 있으면 좋겠지만 우울한 뒤통수를 보인 것만으로 이미 상담에 동의했다고 생각한다. 오지랖의 발동이다. 일단 들어나 보자고 하고 자리로 가서 '커피나 한잔할까?' 아니면 '산책 갈 건데 같이 갈까?' 하고 말을 건넨다.

선배이기도 하지만 관리자이자 윗사람인 팀장이 면담을 청하니 호출당한 팀원은 긴장부터 한다. 팀장이 가자는데 싫다고 직접적으로 말은 못 하겠고, 따라나서자니 말하는 게 영 내키지는 않지만 대부분은 따라나선다(회사라서 가능한 상황이다). 막상 마주 보고 앉아서는 별 이야기 안 하고 커피만 홀짝홀짝 마시거나 함께 걸으면서 시시한 이야기를 한다.

팀장의 소소한 이야기를 조용히 듣고 있던 팀원들은 '무슨 문제가 있느냐?' 하는 질문을 받지 않았지만 어느 순간 속내를 털어놓기 시작한다. 말문이 트이기 시작하니 대화의 주도권은 내가 아닌 상대에게 넘어간다. 꾹 참고 담아 뒀던 내용이라 그런지 꺼내기 시작하니 할 말이 넘친다. 사실 그때부터는 내 역할은 필요 없다.

이미 이야기를 입 밖으로 꺼내 놓은 것만으로도 충분하다. 긴 대화 끝에 상대는 '잘 모르겠어요'라든가 '이게 맞을까요?' 라는 질문을 하기는 하지만 답은 이미 본인이 알고 있다. 난 그저 꺼내 놓은 이야기에 비슷했던 경험을 들려주고 한마디 정도

보탠다. 나의 시시한 농담에도 움츠러들었던 시절의 이야기를 듣고만 있고 별 반응을 보이지 않는 팀원도 물론 있었다. 그럴 때는 사무실로 다시 돌아올 때까지 다른 이야기를 더 꺼내질 않는다. 그들에겐 아직 생각과 고민이 익을 시간이 더 필요하다.

열을 내면서 자기 이야기를 했던 팀원은 한결 표정도 가볍고 걸음걸이도 가벼워졌다. 긴 시간도 걸리지도 않는다. 길어봐야 30분이면 금방 모드가 바뀐다. 여유가 생기면 틈을 볼 줄 알게 되고, 사고가 유연해지고, 넉넉한 태도도 생긴다. 여유가 없을 때는 문제도 보기 싫고 다 귀찮다. 문제의 핵심을 보고 해결책을 찾을 생각을 하기보다는 지금 처한 상황 자체가 짜증이 난다. 누군지도 모르지만 원망하는 마음이 크게 들고 스스로를 갉아먹고 있게 된다.

생각보다 상담 고객이 많다. 찾아오는 사람이 많아 이야기 듣는 게 힘들지 않느냐고 물어보기도 한다. 절대 쉬운 일은 아니다. 이야기를 듣고 말을 한다는 건 아무리 사소한 점이라도 다른 사람의 인생에도 걸린 문제이니 절대 경솔하게 접근하면 안 된다. 나의 한마디가 결정적 계기가 되는 건 아니지만 신중하기 위해 노력한다. 경청하면서 어떤 이야기가 도움이 될지 동시에 생각하는 고난도의 활동이다.

힘은 들지만 전보다 밝아진 얼굴을 보는 게 기분 좋았다. 답답한 이쪽에서 한결 가벼워진 저쪽으로 마음이 옮겨 가는 과정을 눈앞에서 보는 것이 재미있고 경이로웠다. 남을 위한 행위 같지만 나 또한 상대의 말을 들으며 나를 들여다보고 보듬는 일이 동시에 일어나는 나를 위한 일기도 하다. 상대도 위로하고 나도 위로받는 카타르시스의 순간인 것이다.

처방은 생각보다 단순하다. 상대가 미처 인식 못 하는 부분을 들려준다. 내 머리는 잘 못 깎아도 남의 머리는 잘 깎을 수 있다. 해결책이 필요한 문제라면 방법을 조심스럽게 이야기해 주고(산만했던 인생이라 어디 쓸 데가 있을까 싶은데, 역지사지를 몸으로 체득하고 살아서 각종 경험이 빛을 발한다!), 해결책이 필요한 게 아니고 관망이 필요한 일이라면 여유를 찾아보라고 이야기해 준다.

상담 때 자주 한 말이 "인생 뭐 없다, 그냥 인생은 아다리다"였다. '아다리'는 바둑 용어로, 한 수만 더 두면 상대의 돌을 따낼 수 있는 수를 말하는데, 아다리가 잘 맞는 날은 바라던 대로 일이 풀려 간다. 버스 정류장에 도착하자마자 타야 할 버스가 바로 오고, 서서 가던 길인데 마침 지하철에 앉을 자리가 생기고, 길게 줄 서서 기다렸다 타야 하는 승강기가 그날따라 기다리지도 않고 바로 오고, 아다리가 잘 맞는 운수 좋은 날이다.

매번 잘 맞으면 좋겠지만 그런 경우는 사실 잘 없다. 오히려 아다리가 잘 맞는 날이 계속해서 이어지면 불안하다. 일어나기 어려운 일이 일어나고 있는 중인 것이다. 위험 신호일 수도 있다. 인생은 자기에게 할당된 희로애락의 총량이 있다. 기쁨만 있거나 즐거움이 있는 건 아니다. 아다리가 맞을 때는 행운으로 생각하고 가던 길을 신나게 가면 되고, 아다리가 안 맞으면 잠시 쉬어 갈 때인가 하고 쉬엄쉬엄하면 된다. 어차피 인생은 길다.

그래도 삶은 이어지고
미래는 과거와 현재가 짓는다

작년 겨울, 한 해가 얼마 안 남은 끄트머리에 처음으로 '에디터editor'라는 직업을 가진 그녀를 만났다. 꿀렁꿀렁한 삶이라 이야깃거리가 풍부해 보여서인지 책으로 내보아도 괜찮지 않겠냐는 지인들의 권유가 있었으나 '언감생심焉敢生心'이라 생각하고는 손사래를 치며 거절하기 일쑤였다. 대단치도 않은 삶인데 책이라니. 책이 가진 경건함과 엄숙함의 가치에 압도되어 책을 내 볼 용기는 차마 엄두도 내지 못했다. 그런데 살다가 잊을 만하면 '그래도 한번 시도는 해봐도 괜찮지 않을까?'라는 생각이 들었고 그러다 '출판 전문가를 일단 만나나 보자' 하고는 소개를 받아 만나게 되었다.

회사 취업을 위한 면접을 보러 나간 자리도 아닌데 긴장이 되었다. 이력서에, 자기소개서에, 최근에 써 둔 글 한편을 출력해 준비하고 책의 소재를 머릿속으로 정리해서 나갔다. 물론 면접 자리가 아니어서 가지고 간 문서들을 꺼내 보일 필요는 없었지만 간단한 인사를 나눈 후부터 그간 무슨 일을 해 왔고 책을 낸다면 어떤 이야기를 하고 싶은지 두서없이 장황하게 내 생각을 펼쳐 보였다. 스스로 정리가 잘 안 되어 있으면 표현하는 것을 꺼리는 편이었지만 그날 그때는 무슨 이유에서인지 생각나는 대로 거침없이 말을 이어갔다. 주문한 식사가 나왔지만, 밥은 먹는 둥 마는 둥 하면서 중간중간 나오는 그녀의 질문에 열심히 답을 해나갔다.

그녀는 내가 가지고 간 책 아이템에 대한 의견부터 책을 내는 과정에 대한 설명까지 이것저것 친절하게 말해 주었는데 갑자기 '저희랑 계약하시죠. 한번 생각해 보세요.'라고 제안을 하는 게 아닌가. 그냥 의견이나 도움을 구해볼까 하고 나간 자리였는데 내가 하려고 하는 이야기가 사람들에게 도움이 되고 의미가 있으니 책을 내보자고 먼저 손 내밀어 줄 거라고는 전혀 상상도 못했다. 만난 지 몇 시간도 안 된 그녀에게 그간의 내 노력이 인정받았다고 생각하니 뿌듯하면서도 한편으로는 겁이 나고 두려웠다. '내가 정말 해도 되는 걸까?'

어쩌다 용기를 내어 한 발 내디뎌 보았지만 다른 한 발을 앞으로 떼기가 쉽지는 않았다. 그녀와 헤어지고 나서 며칠 고민 끝에 내린 결론은 선택할 때 늘 그래왔듯, 나를 찾아오는 사람이든 내 앞으로 오는 기회든 일단 감사한 마음으로 받아들이고 함께 앞으로 나아가 보자고 다짐했다. 그렇게 해서 만난 지 얼마 안 돼 일하기로 하고 계약도 하고 글을 본격적으로 시작한 게 작년 겨울이었다. 그리고 봄, 여름, 가을이 왔고 세 번의 계절 동안 생각을 다듬고 글을 쓰고 고치고, 쓰고 고치며 중간에 포기하지만 않고 끝까지 차분히 잘 쓰면 좋겠다고 생각했는데 어느새 완주가 코앞이다.

막상 책을 내기로 하고 글을 쓰고 다듬어가는 창작의 고통은 시간이 지날수록 점점 더 커졌다. '그간 필요한 교육을 받고 업을 선택하는 과정에서 느낀 깨달음을 책에서 녹이시면 비슷한 고민을 하는 독자에게 용기와 공감의 메시지를 줄 것'이라는 그녀의 격려에 힘입어 일을 벌이기는 했지만, 머릿속에만 있던 생각을 꺼내서 글로 담아내는 과정은 예상보다 훨씬 더 어렵고 힘들었다. 무엇보다 내가 하고 싶은 이야기가 상대에게 어쭙잖은 충고나 불필요한 말이 되지 않을까 하는 염려가 글을 쓰는 데 가장 큰 걸림돌이 되었다.

그러다 유튜브의 알 수 없는 알고리즘에 이끌려 보게 된 영상으로 실마리를 찾게 되었다. 초등학교 6학년 학생에게 "잔소리와 충고의 차이가 무엇인가요?"라고 물었는데 "잔소리는 왠지 모르게 기분 나쁘고, 충고는 들으면 더 기분 나빠요."라고 대답하는 장면이었다. 이어서 그녀는 "둘 다 안 하는 게 낫죠. 관여금지no touch! 난 나고, 너는 너니까요."라고 덧붙였다. 사회 통념상 '그래도 잔소리보다는 충고가 나아요. 기분이 좋지는 않지만 들을 만해요'라고 대답할 것이라 예상했는데 둘 다 굳이 필요 없다고 당차게 말하는 것을 보니 한 수 졌다는 생각과 함께 통쾌한 기분이 들었다. '그러게. 난 나고 넌 너고, 각자 사는 인생이니 각자 할 일을 하면 되는 것뿐인데 열두 살보다 멋지지 못했네'라는 생각이 든 것이다.

어떻게 이렇게 현명하고 냉철한 태도를 보일 수 있는지 감탄하며 국어사전을 찾아봤다. 잔소리는 '필요 이상으로 듣기 싫게 꾸짖거나 참견함. 또는 그런 말'이고, 충고는 '남의 결함이나 잘못을 진심으로 타이름. 또는 말'이라고 뜻풀이가 되어 있었다. 의미상 잔소리나 충고 둘 다 결과적으로는 듣는 이, 즉 청자聽者에게 도움이 될 것으로 의도하고 한 말이나 발화의 의미를 받아들이고 말고는 화자話者가 아닌 듣는 이의 몫이었다. 말하고 싶은 내가 그냥 하고 싶은 말이 있으면 정갈하게 다듬어서 진심으로 표현하면 될 뿐이었다. 잔소리가 될지, 충고가 될지, 조언이 될지 고민해서 말을 시작도 하지 않고 감히 꺼내 보지도 못하는 건 어리석은 행동이었다. 중요한 건 내가 진짜로 말하고 싶은 이야기를 찾는 일이었다.

이번에는 힘들지만 재미있는 '일'을 해오면서 가장 중요한 건 나를 포기하지 않고 조금씩 앞으로 나아가려는 태도라는 걸 말하고 싶었다. 선택의 순간, 갈등의 순간, 적과 동지가 구분이 안 되는 순간, 그간 알던 상식common sense이 상식이 되지 않는 순간마다 나만 중심 없이 흔들리는 것 같고 미숙하게 대처하는 것 같지만 일하면서 보니 그 누구도 별반 다르지 않았다. 다만 부단히 노력하여 타인에게 보이고 싶은 부분과 보이고 싶지 않은 부분을 조절할 줄 알게 된 여유가 생겼을 뿐이었다. 누구나 늘 새로운 일에 주저하게 되고 조금은 부족하다.

그리고 또 하나, 인생의 중요한 길목마다 나를 응원해주는 사람들에 대해 잊지 말자고 이야기하고 싶다. 일할 때는 일 한다고 앞도 뒤도 돌아볼 여력도 없고 옆도 돌아볼 짬이 없다. 조직에서 내게 할당한 숙제를 처리하다 보면 어느 순간 나도 모르게 능숙해지게 되고 그러다 보면 모든 게 다 내 실력과 운으로만 얻어진 것 같다. 하지만 특히나 조직에서 당신의 숙련된 일처리는 누군가의 지원 없이는 절대 불가능하다. 권위에 의해서건 인정人情에 의해서 건 일은 굴러가지만 저절로 이루어지지는 않는다. 그들의 노고와 지지로 우리의 과거와 오늘, 그리고 미래가 있다.

타인이 자신의 소중한 시간을 우리에게 내어주는 일만큼 값진 순간은 없다. 짬을 내어 곁에서 일을 같이하는 것도, 실패의 순간 이야기를 들어주는 것도, 어디로 가야 할지 모를 때 기다려주는 것도 다 마음을 써주는 일이다. 감사하고 또 감사한 일이지만 깨닫는 데는 시간과 계기가 필요하다. 앞만 보고 달리지만 말고 가끔은 멈춰 서서 묵묵히 나의 허물을 덮어주고 지켜봐 주는 사람이 있지 않은지 살펴볼 일이다.

무모해 보이는 나의 여러 시도를 '결핍을 극복해보려는 용기 있는 행동'으로 생각하고 한결같이 응원해준 사람들, 특히 '축 장도壯途'의 메시지로 한결같이 응원해준 부모님께 이 자리를 빌려 감사의 마음을 전한다.

이 책을 추천하신 분들

저자는 IMF의 직격탄을 맞은 후기 X세대다. 징검다리 취업과 늘어나는 명함을 받는 주위 사람들은 늘 마음이 무겁고 불안했다. 해방전후세대와 베이비붐세대의 견고한 벽, 모든 관심을 블랙홀처럼 빨아들이는 MZ세대의 가운데 회색지대에서 한 번도 제대로 위로받지 못했다. 그럼에도 장르, 세대와 시대, 공간의 넓은 스펙트럼을 끌어안는 저자의 너그러움과 여유는 어디에서 온 것일까?

이 책에는 10번의 이직과 5개의 직업을 거치면서 오롯이 세상을 보고, 사람을 이해하며, 조직이 적응하는 저자의 아주 특별한 인생론을 들려준다. 더욱 불확실한 미래, 극단과 격변으로 치닫는 미래를 "끌리면 해 봐, 틀리면 다시 가는 거지!"라면서 헤쳐간다.

꼰대 가능성이 높은 세대에게는 성찰의 시간을, 동년배의 X세대에게는 위로와 공감을, MZ세대와 갓 태어난 알파세대에게는 작지만 의미 있는 희망을 선사하기에 충분하다.

박갑동, UST 교수(물리학 전공)/학생처장

이른바 멘토링mentoring이 대세다. 그리스신화에서 전쟁터로 떠나는 오디세우스가 아들 텔레마코스를 의탁한 친구 멘토르에서 유래한 '멘토'는 미숙한 젊은이를 가르치거나 돕는 원숙한 스승 또는 조력자를 가리킨다. 동서고금을 막론하고 젊은이들은 현실이 막막하고 미래가 불안하다. 승자독식, 무한경쟁, 능력주의가 팽배한 지금 여기의 젊은이들은 더욱 그럴 것이다. 치열한 생존투쟁 속에서 삐끗하면 추락하고 자칫하면 뒤처진다는 겁심에 사로잡히기 마련이다. 하지만 그 시절을 지나온 나이든 이들은 대체로 안다. '안전한 지름길'은 어디에도 없다는 것을. 오직 찾아 헤매는 자에게만 길이 나타난다는 것을.

임은아의 멘토링은 특별한 데가 있다. 아픔을 어루만지는 이완요법이나 모진 말로 자극하는 충격요법이 아니다. 그보다는 스토리텔링 테라피라고 할까, 자신의 미숙과 착오를 찬찬히 성찰하는 것으로 시작한다. 그리고 그 실패의 경험을 어떻게 다음 도전의 발판으로 삼았는지 복기한다. 이러한 기록을 읽는 이는 자연스레 자기 삶의 행로를 돌아보고 앞으로 나아갈 길을 떠올려본다. 선행자의 진술한 반성은 뒤이어 도착할 후행자에게 긴요한 참조가 되며, 그렇게 '고백록'은 '대화편'으로 변신할 계기를 얻는다.

따지고 보면 멘토르가 있었기에 텔레마코스가 성장한 것이 아니다. 오히려 텔레마코스가 스스로 운명을 개척하기를 염원하고 결단했기에 아테네 여신이 멘토르의 모습으로 나타나 그를 축복한 것이다. 그렇다면 멘토의 궁극적인 역할은 무엇일까. 멘티로 하여금 자리를 박차고 길을 찾아 떠나도록 이끄는 것 아닐까. 임은아는 스토리텔링으로서 그런 멘토링을 성공적으로 수행한다. 책을 덮을 즈음 이런 생각이 들 것이다. 그래, 일단 해보자, 안되어도 괜찮아, 다른 길이 있을 거야... 아, 나는 왜 좀 더 일찍 이런 멘토를 만나지 못했을까!

강영규, 출판편집자

지금 직업을 가지고 있는가? 내 직업이 나를 가슴 뛰게 하는가? 언제까지 그 일을 할 수 있나? 인생은 길고 현대인의 인생은 더 길다. 내가 좋아하는 일로 꾸준히 밥벌이를 하는, 성공한 인생을 살고 싶은 이들을 위한 필독서!

안미희, 경기도미술관장

일단 해보자, 아님 말고

1판 1쇄 인쇄 2022년 1월 12일
1판 1쇄 발행 2022년 1월 17일

지은이　임은아
발행처　도서출판 혜화동
발행인　이상호
편집　이연수
주소　서울특별시 강서구 공항대로 237 (마곡동)
　　　에이스타워마곡 1108호 (07803)
등록　2017년 8월 16일 (제2017-000158호)
전화　070-8728-7484
팩스　031-624-5386
전자우편　hyehwadong79@naver.com

ISBN 979-11-90049-26-9 03810

• 책값은 뒤표지에 있습니다.
• 잘못된 책은 바꾸어 드립니다.